정원예찬

정원예찬

반짝이는 사유의 조각들 ― 현진 지음

담앤북스

어디든 앉으면
지친 어깨를 다독이는 바람이 있고
어두운 마음을 밝게 해 주는 꽃이 있다면
그 어떤 한마디보다 큰 위로가 되리라.

책을   내면서

때를 알고 찾아온 봄 손님이 온 산중에 연두색 물감을 풀어
놓았다. 오전 내내 룸비니동산 계단을 손보고 그 주변 낙엽
걷어 내는 일로 시간을 보냈다. 한껏 부풀어 있던 자목련이
꽃망울을 열어 오늘의 내 수고를 증명해 주었다. 봄꽃 앞에
서 그 누군들 기운이 소생하지 않겠는가. 우리 정원의 수목
들이 매일매일 꽃 잔치를 열어 내 삶을 시들지 않게 해 주고
있다.

해마다 마중하는 봄이지만 여전히 봄꽃과의 해후는 설렌다. 그 어떤 이가 나를 이토록 가슴 뛰게 할 것인가. 하루라도 꽃들과 인사를 나누지 않으면 금세 시들해지는 이런 증세를 '정원 중독자'라 이름했다. 아직도 정원은 나를 요동치게 하고 신명 나게 하는 활발발한 수행처다. 이러므로 일손을 놓지 못하고 꽃밭 울력에 몰두하며 땀 흘리는 것이다.

꽃노래도 자주 부르면 지겹다고 했는데 그래도 할 수 없는 일이다. 내 일상 전부가 꽃과 더불어 일어나고 꽃과 더불어 잠을 청하기 때문이다. 꽃을 제외하고는 나의 삶을 말할 수 없기에 오늘도 중언부언 꽃 타령을 해 봤다. 이번 책에도 하는 수 없이 우리 정원 식구들을 소재 삼아 이야기를 풀었다. 사계절 풍경을 기록하여 발표했던 『수행자와 정원』의 연작이므로 다소 중복되는 문장이 있을지라도 널리 양해 바란다.

현진

목차

세월이 자꾸만 이리 오라고 손짓을 했다. 손 흔드는 방향으로 따라왔더니, 지금 이곳에 서 있다. 인생은 자신이 즐기고 관심 있는 쪽으로 발걸음이 향하게 되어 있고 종래에는 그곳에 도달해 있는 경우가 많다. 이를테면 자신이 꿈꾸던 일이 현실에서 이루어지는 것이다. 자주 그림을 그리고 실행을 반복하면 언젠가는 그 계획들이 하나둘 완성되는 것이 삶의 역사다.

지난 10년 이상의 세월을 꽃나무와 동고동락하며 내 발걸음은 언제나 정원을 향해 있었다. 젊은 시절엔 전혀 생각지 못한 일이다. 눈 침침해질 나이가 되어 별이 보이고 꽃이 보이기 시작했다. 결국 인생은 탐구하고 열망하는 방향이 좌표가 되어 그 사람의 운명을 이끄는 셈이다. 동쪽으로 기울어진 나무는 결국 그 방향으로 넘어지는 법. 그러니까 평소의 생각과 행동이 그 사람의 인생이지, 별다를 게 따로 없다.

내일도 날이 밝으면 호미를 들고 정원 일에 매진할 것이다.

독락의
시간

정원
가꾸기의
즐거움

흙을 만지며

자연에서 배우는 삶

정원은

'시간'의
유산이다

우리 정원은 올해로 13년의 나이를 먹었다. 울울창창 숲이 되기엔 짧은 시간이지만 나무가 깊이 뿌리내리기엔 모자라지 않는 시간이기도 하다. 처음 올 때 심은 나무들은 그 시간의 통로를 지나면서 제 자리를 잡고 자신의 역량을 맘껏 펼치고 있다. 그 세력이 너무 힘차서 이제는 손을 봐주어야 할 만큼 무성하다.

시간이 지나는 동안 벚나무도 어른 나무로 성장하여 제법 기품 있는 수형이 형성되었다. 벚꽃 욕심은 그만 부려도 될 터인데 봄마다 여기저기 많이 심었다. 세월이 더 흘러 묘목들이 훌쩍 자라게 되면 이곳의 봄 풍경도 달라질 것이다. 여기 오던 첫해에 심은 수양벚꽃은 어디 내놓아도 손색없을 만큼 인물이 근사해졌다. 꽃이 피면 그 아래로 사람들이 찾아들어 봄날의 풍광을 즐길 수 있다.

오늘날의 잔디마당도 후딱 만들어진 것이 아니다. 척박한 땅에 모내기하듯 줄을 잡아 잔디를 심었는데 시간이 흐르면서 전체를 다 덮었다. 잔디가 자라고 꽃이 번식하는 것을 보면 시간의 마법을 실감한다. 시간이 받쳐 주지 않으면 아무것도 뿌리내릴 수 없다. 주인이 자리를 잘 잡아 주기만 하면 나머지는 시간의 몫이다. 결국 정원의 식구들은 시간을 먹고 자란다 해도 과언 아니다.

나의 열정이 지금의 정원을 이룩했다기보다는 시간이 정원을 만들었다 해도 틀리지 않는다. 시간의 길을 걷지 않으면 무엇이든 성장할 수 없고 변화할 수 없기 때문이다. 정원은 시간과 기다림의 예술이라는 말에 동의한다. 결코 하루아침에 만들어지지 않기 때문에 아름다운 정원은 시간이라는 이름표를 지니고 있다.

금방 조성한 정원과 장구한 시간을 머금고 있는 정원은 그 느낌이 다르다. 몇 백 년 수령을 지닌 나무 앞에 서 보라. 성스러운 기운이 감돌고 신비한 힘이 느껴진다. 세월의 이끼가

층층이 쌓이고 나이테가 굵어지는 것은 어디까지나 시간의 영역이다. 차근차근 시간의 계단을 오를 때 가능한 일이다. 그러기에 우리 주변의 고목과 거목은 시간이 빚어낸 인고의 선율이다.

우린 언제 저런 모습의 정원으로 구성될까 싶어도 시간이 해결해 줄 때가 많다. 여기에 아주 작은 눈향나무를 심을 때 어느 세월에 우람한 모습이 될까 조바심 났는데 그새 너울너울 가지를 뻗었다. 그러니까 시간이 최고의 연금술사다. 무엇이든 아름답게 만들어 주는 힘이 있다. 시간을 역행하는 정원은 절대 없다. 이러므로 이름난 정원은 한 생의 역사가 아니라 대를 이어 만들어진 시간의 유산이다.

땅에 씨앗을 심고 시간의 시를 쓰는 곳이 정원이다. 오늘 저 어린 것을 심어 어쩌나 싶어도 시간이 어루만지며 키워 준다. 나무 심는 일은 시를 쓰는 일과 비슷하다. 한 줄의 시가 모여 한 편의 작품이 완성되듯 하나의 꽃과 나무들이 모여 다채로운 그림을 만든다. 결국 정원은 시간의 미학인 셈이다. 어느 정원이든 반드시 '시간'이라는 나무가 자란다. 내 정원에도 시간이 지닌 다양한 사연들이 숨어 있다.

가끔 남의 집 정원을 둘러볼 때가 있는데 나는 그곳에 축적된 시간의 비경을 탐닉한다. 어떤 수종이 자라고 있는지도 눈여겨보지만, 그 정원에 얼마만큼의 시간이 스며 있는지를 탐색하는 것이다. 시간의 묘미 앞에서 감탄사를 연발하며 두고두고 부러워한다. 시간의 작품은 그 무엇으로도 환산하기 어렵기 때문이다. 그 정원이 머금은 시간은 그 정원의 역사라 해도 무방하다.

어제 시골 동네를 산책하다가 오래되고 낡은 집 대문 곁에 서 있는 향나무를 만났다. 꾸불꾸불 휘어진 몸매에 곳곳에 상처가 났으나 세월의 흔적이 서려 있어 고목으로서의 위엄이 있었다. 아마도 그 집을 건축했을 때 기념으로 심었을 것 같은데 수령 백 년은 족히 될 듯했다. 그 시간 동안 자식들이 자라고 손자들이 그 나무 아래에서 뛰어놀았을 것이다. 주름진 어머니의 수많은 시간이 그 나무와 함께했을 걸 생각하니 나는 그 시간 앞에 경의를 표할 수밖에 없었다. 그 나무는 단순한 식물이 아니라 시간과 정을 교감했던 그 집의 혈육이었다.

앞으로의 내 인생도 그럴 것이다. 정원과 함께 시간을 보내며 나만의 풍경을 만들어 갈 것이다. 정원 가꾸는 일을 하다 보면 시간에 새삼 감사하게 된다. 시간은 늘 나에게 풍성한 선물로 보답해 주고 있기 때문이다. 꽃은 마구 피는 것이 아니라 계절의 시간이 되어야 자신의 때를 열어 보인다. 내 땀과 정성이 보람으로 성취되기까지는 시간의 간격이 꼭 필요한 것이다. 그러므로 정원의 삶은 하릴없이 시간을 낭비하는 세월이 아니라서 좋다. 오늘도 나의 정원에서는 계절의 시간이 정확히 적용되고 있다. 종래에는 그 시간이 우리 정원을 아름답게 만들 것이기에 세월이 야박하지도 않고 무정하지도 않다.

어찌 사는
삶이

향기
로울까

봄기운에 기대어 외등이 켜지는 줄도 모르고 일을 했다. 내
일 비 소식이 예보되어 있어 오늘 벌인 일은 마무리해야겠기
에 어두워지기 전까지 바삐 움직였다. 몸은 이미 기진맥진.
은행나무에 매달아 놓은 그네를 손보고 그 주변 낙엽들도
긁어 냈다. 그리고 감나무 아래엔 회양목을 들여와 촘촘히
심었고, 새집을 여러 개 만들어 나무마다 둥지를 틀게 했다.
이런저런 봄맞이로 몸은 고되지만 내 손에서 봄 향기가 묻어
나는 것 같다. 하루를 알차게 보냈다는 생각에 꽃망울처럼

내 기분도 들떠 있다. 어찌 사는 삶이 향기로울까? 그 물음
에 대한 답이 궁색했는데 다음의 시를 읽고 눈이 열렸다.

> 꽃에게 말을 건넸다
> 어찌 그리 고운 향기를 지녔냐고.
> 꽃은 말했다
> 내가 할 줄 아는 게 향기라고.
> 나도 말했다
> 그런 겸손이 있기에
> 향기가 나는 것이라고.

원경 스님의 산문집 『밥 한술, 온기 한술』에서 퍼 왔다. 스스
로 향기가 되고 빛이 되는 삶. 그 배경에는 겸손이 받쳐 주고
있다. 겸손의 미덕이 없는 인생은 맑은 향기와 고운 빛을 만
들 수 없다. 이러기에 겸손은 그 어떤 덕목보다 중요한 삶의
요소다. 인물이 출중하나 겸손이 없으면 향기 없는 사람이
며, 인품이 고상하더라도 겸손이 없다면 온기 없는 사람이다.
그러므로 그 어떤 인격보다 앞서는 것이 겸손이다. 하루를
사색과 겸손으로 채워야 한다는 말이다.
옛 상인들은 계영배戒盈杯를 지니고 있었다고 한다. 술을 가
득 채우면 술이 모두 밑으로 흘러 버리는 잔이다. 그렇기에

반드시 술잔의 칠 할 정도만 채워야 술을 즐길 수 있는 구조이다. 거상 임상옥은 이 잔을 곁에 두며 지나친 욕심을 경계했다고 전한다. 가득 채우면 뭐든 넘쳐서 오히려 다 잃기 마련인데 이를 일러 소탐대실이라 했다. 점점 욕심내다가 결국 모든 것이 허사가 되는 경우가 많다. 회사가 부도나는 것은 경영 부실이라기보다는 욕심과 교만이 근원이다.

누구나 자기 그릇에 알맞은 크기의 일을 만들고 추진해야 한다. 그렇지 않으면 힘에 부쳐 스스로 넘어질 수 있다. 분수껏 인생을 경영하라는 것이다. 남의 화려한 삶을 보며 부러워할 이유는 없다. 각자 자신만의 우주에서 성공한 삶을 살고 있기 때문이다. 넓은 정원을 가진 이보다 작은 정원을 가진 이가 더 소소한 행복을 즐길 수 있다. 큰 정원을 가진 사람은 관리하는 데 시간 다 빼앗기고 정작 감상할 시간이 없다는 것이다. 『금강경』에서 말하는 '불취어상不取於相 여여부동如如不動'의 가르침처럼 형상에 흔들리지 않을 때 주체적 삶이 가능하다. 여기서 말하는 상은 헛된 것으로서 영원하지 않다는 뜻. 재물, 명예, 외모, 건강 등 세월 따라 무너지는 것은 결코 영원한 것이 아닐 테다. 그러므로 이러한 대상으로부터 자유로워지면 남과 비교하지 않더라도 나답게 내 멋에 만족할 수 있다.

아동문학가 정채봉 시인은 옷걸이는 옷이 아니라며 잠깐씩

입혀지는 옷으로 자기 신분을 삼지 말라 하셨다. 지금까지의 내 삶도 옷걸이보다 옷걸이에 걸린 옷을 보며 판단하고 예우 했다. 내 이름표를 과시하며 교만했던 적도 많다. 나는 한동 안 '세상은 이름표다'라는 주제로 강연을 하기도 했다. 너나 나나 그 사람이 달고 있는 지위나 명성에 인격을 부여하고 열광한다. 한 사람의 이름표와 상관없이 그 사람의 안뜰까 지 들여다볼 수 있을 때 이름에 속지 않을뿐더러 오래 교류 하며 정을 나눌 수 있다. 겸손한 이는 이름표가 없어도 존경 하지만 교만한 이는 이름표가 없으면 그 누구도 따르지 않는 다.

그래서 『도덕경』에 '대국자大國者는 하류下流'라 했다. 큰 인물 은 아래로 흐르는 삶의 실천자. 큰 강은 낮게 있기에 작은 물 줄기를 담을 수 있다. 이와 달리 강이 개천보다 높으면 어떠 한 물도 담을 수 없다. 쇠에서 생긴 녹이 쇠를 상하게 하듯 교만이 우리를 망친다.

불교 명언 중에 "유리하다고 교만해지지 말고 불리하다고 비 굴하지 말라."라는 구절이 있다. 유불리에 따라 사람의 태도 가 바뀌는 것은 참다운 인품이 아닐 것이다. 성경에도 "네 뿔 을 높이 들지 말라."고 했으니 겸손한 자에게는 언제나 하심 의 자세가 있다. 사람들의 박수 · 칭찬 · 응원이 있을 때 자 칫 교만해지기 쉬워서, 그때 더 조심해야 하는데 나도 모르게 목에 힘을 주게 된다. 나를 넘어지게 하는 최고의 적은 다름 아닌 교만이다.

절집 용어에 '자고병自高病'이란 게 있는데 스스로 으스대는 것을 말한다. 자신 스스로 높다 하면 그의 회상에는 아무도 몰려들지 않는다. 삼성각 앞에 튤립이 화사하게 피었으나 자신의 색깔이 더 곱다고 자랑하거나 뽐내지 않더라. 아무리 생각해도 겸손으로 사는 삶이 향기로운 길이다.

피는 꽃도
지는 꽃도

모두

봄날의
풍경이듯

여류시인 매창梅窓의 시조 중에 '이화우梨花雨 흩뿌릴 제'라는
표현이 있는데 무척 맘에 든다. 비처럼 흩날리는 배꽃의 광경
을 목격하고 나면 이러한 표현이 얼마나 함축된 절창인지를
알게 된다. 어젯밤 삼경에 밖으로 나가 배꽃을 자세히 들여다
보고 들어왔다. 일찍이 고려 후기 매운당梅雲堂은 "이화월백하
고 은한銀漢이 삼경인 제"라고 노래했다. 나도 은하수 반짝이
는 그 시각에 맞추어 달빛 아래서 감상하고 싶었기 때문이다.
달빛을 조명 삼아 바라보는 배꽃의 자태는 가히 고고하고 환상적이었다. 이때쯤 보아야 배꽃이 지닌 고결한 느낌과 뚜렷한 윤곽을 정확히 체험할 수 있다. 뭐니 뭐니 해도 배꽃은 달빛을 무대로 관조해야 제맛이 난다. 화려하지도 거만하지도 않은, 그러나 순수하고 다정한 배꽃의 얼굴을 만날 수 있는 것이다.

올봄에는 매화, 벚꽃, 복사꽃, 배꽃을 가까이 두고 원 없이 눈 호강을 했다. 꽃망울 잔뜩 부풀어 있다가 자신의 신비를 드러낸 매화 향기는 영혼에까지 스며들 만큼 은은했다. 여한 없이 활짝 핀 벚꽃의 낙화는 참으로 장엄했고, 연분홍 복사꽃은 환상적인 무릉도원을 연출했다. 날씨가 일시에 풀어져서 그런지 이번 봄꽃들은 더 선명하고 눈부셨던 것 같다.

평소 꽃에 대해 감동하지 않던 후배 스님도 이번 봄날에는 "배꽃이 참 매력적이네요."라며 입을 열었다. 꽃은 이처럼 자연에 무관심했던 심성을 되돌려 놓게 하는 맑은 기운이 있다.

어느 가수의 노랫말에도 "봄산에 지는 꽃이 그리 고운 줄 나이 들기 전엔 정말 몰랐네."라고 하더라. 나도 점점 나이 들어간다는 증거일까. 이제는 꽃 지는 풍경에 더 마음이 끌린다. 법당 옆 작은 연못에 꽃잎이 떨어져 온통 꽃밭이 되었다. 그 광경을 보며 '떨어져 다시 핀 꽃'이라는 생각이 들었다. 어찌 개화의 순간만 꽃이랴, 지는 꽃도 꽃이다.

아장아장 어린아이가 바람에 날린 꽃잎을 주워 엄마 손에 안겨 주었다. 젊은 엄마의 표정이 그 순간 환해졌다. 아이의 고사리손에서 그 꽃잎은 다시 꽃이 되었다. 지는 꽃도 주변을 물들이듯 인생의 노년도 저렇게 아름답고 값질 것이다. 누가 젊음만 눈부시고 소중하다 할 것인가. 잘 늙어 가는 인생도 곱고 의미 있다는 것을 낙화가 대변하고 있다. 하긴, 세월을 다시 돌려 준다 해도 안갯길 같은 미지의 길이라면 선뜻 동의하기는 어려울 것이다. 그 굴곡진 길을 휘적휘적 걸어온 지금이 차라리 편안하고 홀가분할 수도 있다. 젊은이들이 이제 그 길을 걸으며 삶의 가르침을 경험해야 할 나이라면, 우리는 그 숙제를 마친 세대라 할 것이다. 그러므로 청춘을 되돌려 준다 해도 어깨춤을 추며 마냥 좋아할 것만은 아니리라.

어쩌면 여태껏 살아온 세월이 고마운 선물일 수 있는 것이다. 나이 들고 주름살 늘어나면서 삶을 바라보는 태도가 오히려 현명해지고 엄숙해졌다. 이것은 긴 세월을 건너오는 동안 스스로 다양한 경험을 축적하며 사물의 이치를 달관할 수 있는 안목이 생긴 것이다. 삶의 과정에서 인생 철학과 세상 순리를 배울 수 있는 순간들이 무척 많았다. 산전수전 다 겪으면서 거칠고 모났던 성격도 조약돌처럼 둥글둥글해지고, 옹졸하고 인색하던 마음 씀씀이도 너그러워지고 유연해졌다. 세상에 대한 저항이나 불만보다는 오히려 겸손과 순응으로 하루하루를 살게 된다. 이런 변화는 세월이 우리에게 가르쳐 준 것들이다.

이러할진대, 나이 먹는 일이 반드시 서럽고 억울한 것은 아니라는 사실이다. 봄 산에 피는 꽃도, 봄 산에 지는 꽃도 모두 봄날의 풍경이듯 청춘과 중년 상관없이 그 과정 모두가 아름다운 인생의 그림일 것이다. 신체적 노화에 매몰되지 말고 나이 듦의 즐거움을 누리면 더 큰 자유를 얻을 수 있다는 뜻이다.

행복한 사람은 '있는 것'을 사랑하는 사람이고, 불행한 사람은 '없는 것'만 사랑하는 사람이다. 나이 들어 갈수록 없는 것보다는 있는 조건에 더 점수를 주며 만족한 하루를 보내야 한다. 은퇴 이후의 나이가 되었을 때 삶의 만족도를 높일 수 있는 비결이 여기에 있다. 지금, 없는 것만 구하고 있다면 그의 노후는 불행해질 가능성이 매우 높다.

바람이
지나가길

기다리면

꽃 핀 지 얼마 되지 않았는데 벌써 벚꽃이 지고 있다. 바람이 살랑살랑 흔들 때마다 하롱하롱 꽃비가 내린다. 벚나무 발치마다 분홍 꽃잎이 바닥을 덮어 온통 금상첨화. 꽃잎 흩날리는 봄날은 그 어떤 계절보다 가히 환상적이다. 벚꽃엔딩은 예로부터 그 풍경이 절색이라 많은 이들이 칭송하며 감탄했다. 우리나라엔 벚꽃을 예찬한 시들이 그다지 많지 않은데, 일본에는 여러 수가 전해져 온다. 그중에 요원了元 선사는 중국 출신이지만 일본으로 건너가 오래 법석에 머물렀기에 벚꽃을 봄마다 마주했을 것이다. 그는 "높낮은 가지에 저마다 분홍빛으로 가득 피더니 한 잎은 동쪽으로 한 잎은 서쪽으로 날린다."라고 읊었다. 꽃잎이 사방으로 흩날리는 정경을 잘 묘사했다.

벚꽃은 필 때도 설레고 질 때도 설레게 만드는 꽃이다. 그래서 벚꽃은 지는 모습까지 사랑받는 꽃이라 할 수 있다. 정말 눈보라처럼 휘날리는 풍광이 얼마나 인상적인지 일본에서는 '앵취설櫻吹雪'이라 표현했다. 바람에 꽃이 질 때는 정말 눈발 날리는 것과 흡사하여 붙은 이름이다.

일본 고야산 동대사엔 '서행앵西行櫻'이라는 벚나무가 있다는데 나는 아직 친견하지 못했다. 벚꽃을 매우 사랑하고 아꼈던 승려 시인 사이교[西行] 법사를 추모하기 위해 그의 사후에 심은 나무인데 수백 년의 나이를 간직한 그 자태가 궁금하다. 그는 말년에 "왜 벚꽃은 찬사를 보내 주는 군중 눈앞에서 그토록 무정하게 떠나는가?"라고 읊조리며 벚꽃 마니아답게 벚나무 아래에서 생을 마감했다 전한다. 참 아름다운 인생 졸업식 장면이다.

꽃이 졌다가 피고 피었다가 또 지듯
비단옷도 다시 베옷으로 바뀔 수 있다.

『명심보감』「성심편」에 실려 있는 명언. 돌고 도는 게 인생사다. 매년 계절이 순회하듯 인간의 영욕도 그와 같다. 화무십일홍을 믿는 이는 많은데 부귀와 복락이 허황하다 믿는 이들은 적은 것 같다. 그러나 그 누구도 장담할 수 없다. 비단옷 걸치고 떵떵거리다가도 한순간에 베옷으로 갈아입게 되는 게 인간의 역사다.

이러하므로 지금의 꽃방석이 오래 갈 것이라 여기면 어리석다. 권력도 매한가지라서 때가 되면 물러나야 하니 세상 다 가진 것처럼 서슬 푸르게 할 일도 아닌 것이다. 인생사 호몽부장好夢不長이라 지금의 신분과 형편이 언제 역전될지 알 수 없다. 하늘은 공평하여 사람에게 후하고 박함이 없기에 늘 부자일 수 없고 늘 가난하지도 않다. 꽃 피고 꽃 지고 다시 피고 지듯, 이렇게 순환하는 게 인생 원리이니 언제나 겸손하고 하심할 것.

봄날의 낙화가 주는 교훈은 권력을 따르지 말고 꽃을 따르라는 것이다. 절정의 때를 지나면 낙화의 순간도 있다는 것을 알아야 망신이 없다. 그러나 곰곰이 생각해 보면, 꽃이 화려하게 핀 것만이 어찌 절정이라 하겠는가. 꽃 피고 꽃 지는 과정이 모두 절정이며 삶의 연속이다. 그러니 그 어떤 일이든 받아들이고 이해하면 상황은 달라진다. 인생의 길에서 결정적 문제는 없다. 다만 상황만 있을 뿐이다. 그러므로 그 상황에 대응만 하면 될 뿐 해결은 근본적으로 없다. 세상은 고정되어 있지 않고 돌고 돌기에 상황은 어느 때 바뀐다는 이치를 봄날이 들려주고 있다.

역설적으로 꽃은 지기 때문에 다시 핀다. 변화의 상황을 받아들이지 못하면 꽃은 다시 필 수 없다. 힘들 땐 시간과 세월에 의지하면 상황은 달라지고 그 상황을 수긍하면 관점도 바뀔 수 있다. 청년들의 인생 멘토 『아프니까 청춘이다』의 저자 김난도 교수에게 어떤 학생이 시련을 어떻게 극복하였냐고 물었을 때, 교수의 답은 이랬다.

"제 경우에 극복하지 못했습니다. 그냥 지나갈 때까지 견딘 거지요."

세월이 약이고 스승이다. 정말 숨쉬기조차 힘들 땐 판단을 중지하고 시간과 세월에 잠시 몸을 숨겨도 큰 허물이 아니다. 그러면 잠시 우리를 다독이고 위로해 줄 것이다. 우리의 선조들도 그렇게 세상을 견디고 모진 세월을 건너왔다. 바람이 지나가길 기다리면 다시 꽃 필 때가 온다.

나는 여기에 터를 잡을 때 뒤뜰의 울창한 벚나무에 마음이 꽂혔다. 아마 그때 벚나무가 없었다면 미련 없이 발길을 돌렸을지 모르겠다. 결국 벚꽃이 나를 붙드는 일에 한몫을 한 셈이다. 법당을 건립하면서 벚나무도 기념식수로 심었는데 지금은 세월이 지나 제 역할을 하면서 많은 이들에게 벚꽃 법문을 들려주고 있다. 어느 시인은 "산벚나무 설법 들으러 운흥사에 간다."며 그곳에서 소리 내어 청법가를 부른다 했다. 올해 우리 절도 나무마다 벚꽃 만개하여 그 설법 듣느라 성황을 이루었다.

꽃은

화내지
않는다

봄비 그치길 기다렸다가 아침 일찍 칸나를 심었다. 미리 알
뿌리를 캐서 보관 중이었는데 오늘 자리를 잡아 묻어 주었
다. 지장전 뒤에도 심고 주차장 주변에도 심었으니 여름 즈음
엔 붉은색 칸나꽃이 도량 한편을 밝혀 줄 것이다. 그 풍경을
그리며 줄지어 심기도 하고 둥글게 심기도 했다.

그렇지만 오늘 후회되는 일이 있어 종일 마음이 편치 못했
다. 정원 일을 도와주는 봉사자의 손길이 야물지 못하다고
핀잔을 주었다. 지금까지 그 일이 썩 개운하지 못하다. 서둘

러 한다 해도 결국 몇 분 차이일 텐데 괜히 부아가 난 것이다. 그 일로 작업 분위기는 무거워지고 몸도 힘들었다. 더군다나 꽃 앞에서 얼굴 붉히는 모습을 보였으니 내 체면도 말이 아니게 되었다. 다투던 사람도 꽃밭에서는 싸움을 멈춘다는데 그 일이 참 민망하다.

그 사건이 명상의 실마리가 되어 화의 근원을 들여다보는 계기가 되었다. 어떤 식이든 성질내는 일은 백해무익이기에 수행 과정에서는 큰 마장이 될 수밖에 없다. 그래서 선사들이 화를 다스리는 일은 수행의 절반이 아니라 전부라 했을 것이다. 결국 수행의 척도는 화를 잘 내느냐, 아니냐에 달려 있다. 화가 터져 나오는 것은 순간 1초다. 일단 버럭 소리를 질렀다면 그 순간은 수행 조절에 실패한 것이다.

화의 실체는 상대방에게 바랐던 어떤 기대가 내 뜻과 일치하지 않을 때 일어난다. 그러나 이 기대치 또한 어디까지나 내가 만든 기준이므로 그럴 때마다 이렇게 명상해야 한다. '또 내가 상대방에게 뭔가 바라서 화가 났구나. 나의 바라는 것을 해 주기 위해 누가 태어났겠는가.'

그러니까 상대방은 내가 바라는 것을 들어주기 위해 태어난 게 아닌데 그 사실을 잊을 때가 많다. 상대방의 사정과 연유가 반드시 있을 것인데도 나에겐 불편한 그 상황만 보일 뿐이다. 그래서 머리끝까지 뭉글뭉글 성내는 마음이 형성되는 것이다. 따라서 분노를 통제하고 제어하는 방법은 관대함도 선행되어야 하지만 그 상황을 깊게 이해해야 가능하다. 그 어떤 상황이든 그럴 만한 원인이 반드시 있기 때문이다.

거북이가 오래 사는 것은 초조함이 없기 때문이라 들었다. 소나기가 쏟아지면 도망가는 게 아니라 머리를 몸 안으로 집어넣고, 햇빛이 따가우면 그늘에서 잠시 쉬어 간다. 거북이의 수명은 300~500년으로 알려져 있으니까 유순하고 한가로운 동물은 장수한다는 사실을 증명하는 것이다. 이와 달리 빠르게 움직이는 맹수는 단명한다.

역정 내고 성질 급한 사람은 장수하는 경우가 잘 없단다. 독일의 한 탄광에서 갱도가 무너져 광부들이 지하에 고립되었다. 외부와 연락이 차단된 상태에서 일주일 만에 구조되었는데 사망자는 단 한 사람. 바로 시계를 지니고 있던 광부였다. 불안과 초조가 그를 숨지게 한 것이다. 화의 근원에도 불안과 초조가 잠재되어 있다.

꽃들은 서로 화내지 않겠지
향기로 말하니까

꽃들은 서로 싸우지 않겠지
예쁘게 말하니까

꽃들은 서로 미워하지 않겠지
사랑만 하니까
- 이채 〈5월에 꿈꾸는 사랑〉 중

아까 그늘을 찾아 앉아 있다가 산딸나무 꽃 핀 것을 이제야
알았다. 요즘 이리 보고 저리 보아도 온통 꽃 천지다. 꽃은 분
을 바르지 않아도 예쁘고 살을 빼지 않아도 날씬하고 우아
하다. 언제나 자신의 면목에 충실한데 사람만이 여러 감정에
표정을 바꾼다는 생각이 들었다. 꽃 앞에서 화를 내는 사람
은 인격 미달이라는데 오늘 실수를 제대로 한 셈이다. 꽃이
화내지 않고 미워하지 않는 것은 향기로 말하고 예쁘게 말하
기 때문이다. 그렇게 살면 감정 격해질 일 없을 것 같다. 내가
새겨들어야 할 오늘의 법문이다.

모든
일이

순리대로
이루어져야

해마다 초파일 무렵이면 불두화가 경건하게 피었는데, 이번에는 초파일이 늦어져서 꽃이 다 지고 난 뒤 봉축 법회를 열게 되었다. 이맘때마다 모란과 작약이 활짝 피어 오색등 밝히듯 탄신을 축하해 주었으나 그 꽃마저 지고 없어서 다소 아쉽긴 하다.

그러나 봄꽃이 지나고 나면 다음 꽃이 바통을 이어 받으므로 꽃이 전혀 없는 게 아니다. 데이지도 피었고 붓꽃도 한창이다. 또한 며칠 사이로 병꽃들이 청초한 얼굴로 도량을 장엄하고 있어서 더더욱 화사하다. 지금은 덩굴장미가 수줍게 피어서 계절의 여왕 오월을 증명하고 있다.

며칠 안으로 말발도리와 고광나무가 꽃망울을 터뜨릴 것이고 뒷동산의 찔레꽃도 말을 걸어올 것이다. 바야흐로 흰색 꽃들이 자신의 존재를 알리기 시작하는 때다. 이러한 꽃과 교우하면서 이번에는 후딱 떠나지 말고 초파일까지 꽃잎을 붙들고 있어 달라 부탁했다. 꽃 없는 축제는 빈약하고 초라할 수밖에 없다. 크고 작은 연등으로 무대를 구성한다지만 다양한 꽃들이 받쳐 주어야 축일이 더 빛날 수 있기 때문이다.

우리 정원의 시계는 생각보다 빨라서 열흘 사이에 피고 지므로 매일 산책하며 눈길을 주어야 한다. 그것이 꽃들에 대한 문안이다. 어제 못 보았던 녀석들이 '저 여기 있어요.' 하고 고개를 내밀면 '꽃모닝!' 하며 인사를 나눈다. 그래서 이곳의 아침 인사는 '굿모닝' 대신 '꽃모닝'이다. 이 한마디에 꽃처럼 기분도 활짝 열린다. 하긴 꽃으로 아침을 여니까 이런 표현이 아주 잘못된 것은 아니다. 왜냐하면 우리의 굿 모닝은 꽃의 축복이 먼저 있을 때 안녕할 수 있기에 더욱 그렇다.

어제는 석등 앞을 지나다가 아주 죽은 줄 알았던 투구꽃이 눈에 띄어 반가웠다. 이른 봄에 호미로 캐어 버렸다면 어쩔 뻔했나 싶다. 이렇게 꽃들은 기다려 주고 눈여겨보아야 할 때가 많다. 자기만의 시간과 방식이 있는 것이다. 세상의 꽃들이 자신의 때를 무시하고 한날한시에 일제히 꽃망울을 터뜨린다면 아주 정신없을 테니 자신의 방식대로 피고 져야 정답이다. 그 순서가 어긋나면 세상사는 종말을 예고하듯 혼란스럽고 침울할 것이다.

인간사도 예외일 수 없다. 모든 일이 순서대로 이루어져야 평온한 일상이 된다. 입학과 취업, 결혼과 출산 등 삶의 기회들이 순리대로 진행되어야 기쁨이 오롯해진다. 그래서 기도의 주제나 목적 또한 이 범주에서 크게 벗어나지 않는다. 우리는 결국 순서대로 소원이 성취되길 염원하는 것이나 다름없다.

에도시대의 스승이었던 센가이 오쇼 선사에게 가족들이 인사를 드리며 가훈 써 줄 것을 부탁했다. 뜻밖에도 선사가 내린 법어는 다음의 여덟 글자였다.

조사부사자사손사 祖死父死子死孫死

선뜻 받기는 했으나 죽을 '사死'를 잔뜩 넣어 놓은 게 썩 내키지 않았다. 이를 알아챈 선사가 다음의 설명을 덧붙였다.

"이보다 더 좋은 가훈이 어디 있소? 할아버지가 죽은 다음에 아버지가 죽고, 아버지가 죽은 다음에 아들이 죽고, 아들이 죽은 다음에 손자가 죽어야 하지요. 이 순서가 바뀌어 부모가 자식의 상喪을 치르지 않는다는 뜻이오."

그러니까 순서대로 죽는 것도 천복이라는 일침. 만약에 죽는 순서가 뒤죽박죽 꼬였다고 가정해 보라. 그게 집안의 한숨이며 슬픔이다. 이런 의미에서 선사의 교훈은 아주 현명한 말씀이 아닐 수 없다.

뭐든 순서를 어기면 조화롭지 못하다. 장미가 피었다고 옆의 능소화가 시샘하거나 부러워하지 않는다. 자신의 순서를 기다리기 때문이다. 사람인들 어찌 성공의 때가 동시에 이루어지겠는가. 앞서거나 늦거나 하면서 피고 지는 꽃처럼 때로는 느리고 때로는 빠르게 그 때를 맞이하는 것이다. 이것을 알면 모든 일이 빨리 이루어지지 않는다고 조급해할 필요가 없다. 사람의 일도 순서대로 하나씩 성취되는 까닭이다.

우리 절 감꽃이 알알이 피었다. 지난해에는 해거리 때문에 감을 많이 보지 못했는데 올해는 가지가 휘어질 정도로 주렁주렁 달릴 듯하다. 이렇게 다른 나무보다 늦지만, 그 기회를 기다리다가 때를 만나면 자신의 역량과 신비를 활짝 드러내는 것이다. 그러니 내 인생이 풀리지 않는다고 성급히 푸념할 일은 아니다.

카렐 차페크가 쓴 책에서 "인간은 손바닥만 한 정원이라도 가져야 한다. 우리가 무엇을 딛고 있는지 알기 위해선 작은 화단 하나는 가꾸며 살아야 한다."는 글을 읽었다. 이것이 꽃과 나무를 가까이해야 할 이유이기도 하다. 작은 화분에 있는 꽃들에게도 "꽃모닝!" 하며 하루를 시작하라. 그 인사가 하루를 술술 풀리게 하는 주문이 될 것이다.

비가 와도

꽃은
피더라

간밤의 빗소리에 설핏 깨었다가 다시 잠들었다. 댓돌에 비 떨어지는 소리는 포근한 자장가 같다. 폭풍우라면 몰라도 소슬하게 내리는 빗소리는 어머니 품처럼 따스하고 정겹다. 이런 날은 후딱 일어나지 않고 침상에서 한 시진이나 게으름을 피우다 졸린 잠을 털어 낸다. 아침밥 차려 놓고 시간 재촉하는 공양주도 여러 달 '부재중'이니 여유를 실컷 부려도 상관없는 일이다.

산창을 열면 푸른 잔디 위에 비 쏟아지는 풍경과 마주할 수 있다. 아침에 듣는 빗소리는 싱그러운 초음草音이나 다름없다. 초록의 융단 위에 보송보송 내리는 빗소리, 결코 시끄럽거나 요란하지 않다. 새들도 어디론가 비를 피해 보이지 않고 방문자도 없어서 오로지 빗소리만 가득하다. 인기척에 놀라 도망가던 들고양이도 비에 젖는 게 싫은지 눈치 살피며 지붕 아래 웅크리고 있다.

이런 시간에 처마에서 떨어지는 빗소리를 친구 삼아 앉아 있는 게 독거獨居의 즐거움. 댓돌 적시는 빗방울을 감상하며 조촐한 시간을 보내고 있노라면 말할 수 없는 충만함이 있다. 아무 일도 하지 않았는데 보람된 일을 마주하고 있는 그런 기분. 그 어느 때보다 마음이 차분하고 느긋해진다. 빗소리가 없었다면 자칫 쓸쓸할 뻔했는데 벗이 되어 주니 고마울 때가 많다. 별안간 빗방울이 들이치면 신발이 젖을 수 있으므로 가지런히 세워 두고 방으로 들어와 일기를 정리하거나 미루어 두었던 책을 읽는다.

그러다가 책 친구도 싫증 나면 장화를 신고 우중 산책을 나선다. 우산 너머로 쏟아지는 빗소리를 즐기며 이곳저곳 돌아보는 것이다. 오늘의 행로는 밭둑길. 몇 년 전 밭둑길을 따라 산책로를 만들고 그 주변에 목수국을 심었다. 세월이 지나니까 수목이 어우러져 제법 근사한 오솔길이 되었다. 그 길에서 만난 수국들은 흠뻑 비를 머금어 기분 좋다는 표정이다.

며칠 내린 비 덕분에 시들하던 가지들이 파릇파릇 생기를 내뿜고 있었다.

어제보다 오늘 꽃망울이 더 짙어졌다. 제법 키를 키운 나무는 벌써 한두 송이 꽃을 피웠다. '너희들은 비 오는 날에도 꽃을 피우고 있구나.' 칭찬하며 한동안 그 자리에 서 있었다. 우중에 꽃밭을 바라보는 일은 정원을 가진 자가 독점할 수 있는 기쁨이다. 햇살 좋은 날엔 꽃구경을 선뜻 나서지만 비 내리는 날엔 발길을 망설이기 때문이다.

내 옆에 누가 있었더라면 '꽃들은 비 오는 날에도 제 할 일을 미루지 않는다.'는 말을 했을 것이다. 모진 바람에 시달리면서도 꽃을 피운 그 모습이 기특하고 대견하다. 꽃들이 주말과 휴일을 따져 가며 자기 일에 소홀한 것을 아직 보지 못했다. 바람 불고 비가 와도, 심지어 진창 속에서도 벼랑 끝에서도 꽃은 피더라. 어떤 모습으로든, 어떻게든 꽃 피우며 살아 낸다. 이렇게 온 힘을 다해 간절한 생을 사는 것이다.

저들이 줄기 끝에서 꽃을 만들기까지 그 과정은 어수룩하거나 만만치 않다. 얼마나 많은 비바람과 무더위를 견뎠을까 싶다. 인생도 그렇더라. 남의 성공을 부러워하지만, 그 과정에는 수많은 시련과 실패가 있었을 것이다. 누구나 그 삶의 길은 굽이굽이 사연 있는 눈물의 과정이다. 고난과 위기를 극복하며 성공의 길을 배우고 삶의 진리를 경험해 가는 것이다. 이번 비바람에 부용화 꽃대가 꺾였지만 넘어진 자리에서 다시 시작하고 있었다.

비를 핑계 삼아 하루 쉬려고 했던 내 마음도 바뀌었다. 이내 우의로 바꾸어 입고 호미를 들었다. 나도 묵묵히 내 일을 완수해야 하지 않겠는가. 비 오는 날이라 해서 풀이 여유 부리지 않을 테니까 나도 마냥 쉴 수 없다. 키 작은 풀이 비 온 다음 날은 한 뼘이나 커 있다. 비가 살짝 내릴 때 쏙쏙 뽑으면 잘 따라 나오긴 하는데 뿌리가 흙덩이를 악착스럽게 물고 있어서 털어 내는 것도 일이다. 그렇지만 이런 날의 작업은 햇살이 없어서 크게 덥지 않고 모기도 근접불가니 일석이조. 작약밭 주변의 풀을 매다가 비가 굵어지면 원두막에서 잠시 땀을 닦기도 했다.

작약밭 주변에 앉아 보니 데이지꽃이 얼마나 무서운 속도로 번지는지 질릴 정도다. 꽃씨가 해마다 퍼져 이제는 온 사방이 그 꽃이다. 풀을 맬 때 인위적으로 뽑아 주기도 하고 옮겨 주기도 하는데도 그 범위를 조절할 수 없다. 내년엔 씨를 맺기 전에 잘라 내든지 새로운 전략을 짜야겠다.

처음 저 꽃을 충남 천안의 비구니 스님에게 몇 쪽 얻어 온 게 시작이었다. 그해 그곳에서 만난 데이지꽃은 그 얼굴이 청초하고 선명했다. 그래서 선뜻 달라 한 것인데, 그 스님이 한 삽 퍼 주면서 "얼마든지 줄 수 있는데 저를 원망하지 마세요!"

하였다. 그땐 그 의미를 몰랐는데 이제는 알겠다. 지금은 나도 누군가 달라고 하면 얼른 나누어 주면서 "저를 원망하게 될지도 몰라요." 하며 웃는다.

하루라도 정원에서 일을 멈추면 시간을 허송한 것 같아 찜찜했는데, 오늘은 빗소리 들으며 내 일에 전념할 수 있어서 몸도 가볍고 기분도 상쾌하다. 노동이 주는 긍정적인 효과다. 오늘 일기에 '지금 할 일을 날씨를 핑계 삼아 다음으로 미루지 말 것'이라 적었다.

나무는

시간의
역사

이곳에 터를 잡아 사찰을 이룩한 뒤 해마다 나무와 꽃을 심었다. 사찰 땅 절반 이상을 정원으로 만들어 관리하는 것도 나의 염원에 따른 것이다. 여기에 절을 건립할 때 꽃과 나무가 주인이 되는 수행처로 만들고 싶었다. 이를테면 건물의 위용보다 꽃밭이 우세한 공간을 만드는 것이다. 그러므로 정원 식구를 매년 늘리는 것은 이러한 내 생각을 하나둘 실천하는 과정이기도 하다.

밭둑길의 벗나무마다 기증자들의 이름을 달았는데 이것은

여러 사람의 기부와 정성으로 작은 숲이 조성되었다는 증표다. 이제는 시간이 흘러 제법 키를 높인 나무들을 보노라면 격세지감이 든다. 여기 오던 해에 기념식수로 심은 능수벚나무는 잘 성장하여 굵고 풍성한 수형을 갖추었다. 화사한 봄날을 연출하기엔 벚나무보다 더한 꽃이 없기에 해마다 다양한 품종의 벚나무를 수시로 옮겨 왔다.

올봄에는 목수국을 한 트럭 구해 와 심었는데, 수줍고 여린 향기를 여름 내내 즐길 수 있었다. 이렇게 새로운 식구로 받아들인 나무와 꽃이 참 많다. 그럴 때마다 언제나 설레고 반가웠다. 그 누구보다 오래 내 곁을 지켜 줄 친구들. 사람은 떠나도 나무는 그 자리를 지키며 나의 흔적을 기억해 줄 것이다. 먼 훗날 이 절을 떠나게 될 때 손 흔들며 배웅해 줄 가족들이다. 나중에 주인이 바뀔지라도 숲의 원형을 크게 훼손하지 말 것을 부탁하고자 한다.

나무는 세월과 시간의 역사다. 절대 그 과정을 거스를 수 없다. 시간 시간을 켜켜이 쌓아야 나이테가 형성되니까 새치기나 뛰어넘기가 통하지 않는다. 그저 묵묵히 세월을 건너야 자신의 개성과 기량을 마음껏 펼친다. 그동안 어린나무를 데려와 어른 나무로 키우는 재미를 즐겼는데 성장하는 그들을 지켜보며 소소한 기쁨과 보람이 있었다. 불두화, 단풍나무, 목련, 매화, 라일락, 능소화, 병꽃나무, 칠자화, 모란 등 모두 묘목이 훌쩍 자란 것이다. 그러니까 절의 역사가 곧 나무의 나이라 할 수 있는데 나와 함께 이곳에 터를 잡은 원조 신도들이다.

엊그제 남도 순례길에 들러 보았던 불일암은 여전히 옛 주인의 자취가 잘 남아 있었고 대숲과 더불어 후박나무도 그 시절처럼 우뚝 솟아 있어 아늑했다. 여러 성상星霜이 바뀌었으나 암자의 풍경은 크게 달라지지 않았다. 새 주인이 부임하면 면모를 일신하는 다른 암자들과 다른 점이랄까. 그곳에 머물던 인물은 떠났어도 그가 남긴 청백 가풍의 기상이 곳곳에 스며 있어 전혀 낯설지 않았다.

> "30여 년 전 이 암자를 지을 때 손수 심어 놓은 나무들의 청정한 모습을 볼 때마다 뿌듯한 생각이 차오른다. 후박나무, 태산목, 은행나무, 굴거리와 벽오동 등이 마음껏 허공을 뻗어 가는 그 기상이 믿음직스럽다. 사람은 늙어 가는데 나무들은 정정하게 자란다. 사람이 가고 난 뒤에도 이 나무들은 대지 위에 꼿꼿하게 서 있을 것이다."
>
> - 법정 『아름다운 마무리』 중

옛 주인은 이곳의 나무를 함부로 베지 말라 부탁하며 허락받은 세월을 살아 주길 원했다. 아마도 암자의 진짜 소유주는 숲이라는 지론 때문이었을 것이다. 인간이 아무리 오래 살아도 숲의 수령보다 앞설 수 없다. 이러하기에 우리의 손으로 수목의 생명을 가볍게 다루거나 단축할 일은 절대 아니다. 크게 문제가 없다면 인간이 먼저 예의를 갖추고 그 그늘에 깃들여 살아야 한다. 모든 생명을 존중하고 사랑하라는 불일암 수칙은 지금도 잘 지켜지고 있는 것 같았다.

예전 살던 절에는 후박나무를 심었다. 불일암 수목을 대표하는 그 후박나무를 나의 정원에서도 보고 싶었기 때문이다. 옆 동네에서 데려와 식목하던 날, 하늘을 향해 무한정 뻗어 가길 염원했다. 그 절의 지형이 크게 달라지지 않았다면 지금쯤은 정말로 아름드리나무가 되었을 것이다.

오늘 온종일 국화밭 풀을 매고 방으로 왔다. 가을은 성큼 다가왔는데 여름의 표정이 남아 있다면 계절에 대한 결례다. 이런 이유로 철이 바뀔 때마다 맑은 기운으로 도량을 조촐히 하는 것도 새로운 계절을 마중하는 나만의 의식이다. 이곳 정원을 날마다 가꾸는 것은, 무슨 거창한 목적이 있어서가 아니라 지금 내 앞에 주어진 일이기 때문이다. 인생을 하직할 때 모조리 싸 들고 갈 것도 아니므로 그저 지금의 순간을 즐길 뿐이다. 집착은 괴로울 수 있으나 집중은 주어진 그 한때를 열심히 사는 방식이다. 자신의 삶이 휘청거리거나 힘겹다면 그것은 집착의 요소가 더 많기 때문일지도 모른다.

지금, 행복하지 못하다면 삶의 방향이 집착에 있는지 점검해야 할 때다. 행복의 비결은 달리 없다. 일상에서 집착보다는 집중의 비중을 높이는 것이다. 인생이 경쾌하고 가벼워지려면 어떤 순간이든 집중할 수 있어야 한다. 매사 집중할 수 있다면 결코 인생이 시시하거나 누추하지는 않을 것이다. 나무 식구들을 보며 우리 이웃들 삶의 방식은 집착인지, 집중인지 묻고 싶었다.

폭풍우
지나간

아침에

새벽의 빗소리가 하도 요란하여 이른 아침부터 정원을 둘러
보았다. 천둥 번개를 동반한 큰비가 쏟아졌는데 정원 식구들
이 무사한지 살펴보기 위해서였다. 키 높은 해바라기와 코스
모스는 비스듬히 쓰러져 있고 가녀린 바늘꽃은 아예 누워
버렸다. 그것보다, 늙은 은행나무 가지 하나가 쩍 갈라져 있
어서 멈칫 놀랐다. 얼마나 세찬 비가 퍼부었으면 저토록 늠름
했던 굵은 가지가 내려앉았을까. 허리가 꺾여 버린 그 나뭇가
지를 끌어내려 했으나 나 혼자 힘으로는 감당할 수 없어 따

로 동력톱을 동원하여 토막을 내야 할 것 같아 그만두었다.

정원의 풍경이란 게 내가 원하는 대로 유지되지 않고 늘 자연의 영향을 받는다. 지난 폭우에 뭉개진 밭둑을 복구해 놓았으나 이번 큰비에 또 무너졌다. 물고랑을 낙엽이 막아 물길이 엉뚱한 방향으로 터지는 바람에 산책로가 흙 천지가 된 적도 있다. 손 갈 데가 없으면 좋았으련만 기후가 매번 적당할 순 없다. 일기예보에서도 예측할 수 없는 기후라는 뜻으로 '극한 호우'라는 표현을 썼다. 집중호우가 발효되면 물 양동이 쏟아붓듯 퍼부어 대니 극한이 아닐 수 없다. 이상 기후가 심각해질수록 더위도 극한, 호우도 극한, 추위도 극한으로 바뀌는 추세다. 그러니 우리 정원 식구들도 극한 기후에 적응하느라 힘들 수밖에 없다.

이번 봄에 라임라이트 꽃을 밭둑길 따라 줄지어 심었다. 지금쯤 한창 필 시기인데 우기를 만나 며칠 동안 우중 잠행을 하고 있다. 그러나 자기 할 일을 미루지 않고 비를 맞으면서도 하나둘 꽃을 피우기 시작했다. 비 그치고 나면 그 꽃길을 걸으며 조촐한 시간을 가질 예정이다. 그 길에서 고난의 시간을 건너가는 성실한 지혜를 꽃들에게 또 배울 것이다.

중국인들은 정원을 조성할 때 '언제나 자연을 스승으로 삼는다[師法自然].'는 큰 원칙을 염두에 두었다. 자연의 풍광과 순리를 역행하는 정원 설계를 지양한다는 의미도 있겠으나 정원의 목적은 어디까지나 산수를 가까이 두고 스승으로 삼으려는 데 있었을 것이다. 종교의 경전이 탄생하기 이전에 자연의 법어가 먼저 있었다는 걸 알았기 때문이다. 생성과 소멸의 순환 질서를 가식 없이 설파하고 있으니 이 세상에서는 자연에 견줄 만한 큰 선지식은 없다.

흔히 '정원을 가꾼다'고 말할 때 그것은 인위적 시간이 필요하다는 뜻이다. 그냥 두면 돌본다고 할 수 없다. 내 몸이 천근만근일지라도 이른 아침에 나갔다가 땅거미가 질 때 방으로 돌아오는 날이 많다. 내 손길이 가야 할 곳이 한두 군데가 아니다. 어떤 날은 하루에 열 가지 넘는 업무를 감당하기도 한다. 고장 난 부분 수리하는 일부터 약 치고, 김매고, 잔디 깎고, 가지 치고, 치우는 등의 이런 일에 몰입하다 보면 시간을 잊게 된다. 나그네의 눈에는 일이 보이지 않을지 몰라도 주인 눈에는 모든 게 일로 보이기에 현장을 떠나지 못한다. 이러므로 정원사는 꽃밭과 멀어져야 쉴 수 있다는 말이 생겼다. 그렇지만 식물과 교감하는 일이 매일매일 신비롭기에 내 정원을 떠나지 못한다.

나이 들수록 흙을 가까이하는 일은 정서 순화에도 좋다. 젊은 날엔 공산품이나 기계를 많이 만지고 살았으니 은퇴 시점에서는 흙을 만져 주어야 생체 리듬에 도움이 될 것이다. 흙냄새의 근원은 지오스민이라는 물질로 알려져 있는데, 인간의 후각은 흙냄새에 아주 민감하게 작용하도록 진화되어 있다고 한다. 즉 흙냄새를 맡거나 흙을 만지면 우리의 기분이 상쾌하게 된다는 것이다. 흙을 가까이하면 사람의 몸에서 행복 호르몬이라 불리는 세로토닌이 나온다는 연구 결과와 일치한다.

나는 머리가 복잡하거나 속 시끄러운 일이 있으면 숲길을 걷는다. 산책은 찌뿌둥한 기분을 가볍게 하고 축 처져 있던 몸도 활기차게 한다. 우리에게 꼭 필요한 세 명의 의사가 있다고 했다. 자연, 시간, 인내다. 삶에 지치거나 몸이 아플 때 자연에 기대면서 위로받고 어려운 시기를 견디며 사는 일이 가장 우수한 치료법이다.

에도시대를 살았던 고쿠센[国仙] 선사 문하에서 공부하던 제자가 "스승의 가풍은 어떠한 것입니까?" 하고 물었을 때 스승은 "하나에 돌을 지고, 둘에 흙을 나른다."고 대답했단다. 이 무슨 도리일지 행간에 숨은 뜻을 잘 헤아려야 한다. 좌선이나 독경도 중요한 수행이긴 하나 그보다 실제적 노동도 소홀히 해서는 안 된다는 것이다. 자칫 실천궁행 없는 메마른 이론에만 치우칠 것을 경계하는 뜻도 있다.

출가 수행자들에게 종교적 교리나 의례가 무엇보다 필요하겠지만 돌을 옮기고 채소를 기르고 김매는 일들을 외면하고서는 절대로 인간 형성의 길이 열리지 않는다. 즉 생명불식生命

不息, 살아 있으면 그 몫의 땀과 노동이 필요한 것이다. 그렇지 않으면 밥만 축내는 공허한 수행이 될 확률이 높다.

나는 흙을 매만지며 채소밭이나 꽃밭에서 파릇파릇 올라오는 새싹들을 보고 있으면 마음이 아주 느긋하고 편안하다. 방안에 앉아 경을 읽을 때보다 훨씬 즐겁고 신선하다. 일찍이 그 어떤 것도 이런 재미를 주지 못했다. 흙은 이렇듯 사람에게 생기를 불어넣는 힘의 원천이다.

옛사람들도 텃밭을 새로 일구고 하루에 세 번씩 그 근처로 발길 하며 기쁨으로 삼았다는 글을 읽은 적 있다. 어디 세 번뿐일까. 틈나는 대로 들여다보며 관리해 주어야 그 맛을 음미할 수 있는 것이다. 식물을 살피며 생명의 경이를 배우는 것도 인생의 큰 공부다. 그나저나 오늘 밤에도 큰비가 예보되었던데 이번에도 정원 식구들은 무사히 위기를 넘길 것이다.

시간을
견뎌 낸   것에는

아름다움이
있다

빈집을 지키고 있던 허리 굽은 노목老木 한 그루를 옮겨 오는
일로 며칠 동안 분주했다. 현장에서 이곳까지 나무를 이송
하는 과정부터 터를 잡아 심는 일까지 신경 쓸 부분이 많아
서 한시도 방심할 수 없었다. 여기에 정원이 생긴 후 최대의
나무가 전입신고를 마친 것이다. 나보다 더 나이 먹었을 신령
한 나무를 절집으로 모셔 오는 일이니 불보살의 의례와 다
름없다. 지금까지 온갖 세월의 풍상을 겪어 온 생명이므로
인격을 부여하여 내 사는 곳으로 '모셔 왔다'고 적은 것이다.

이번에 심은 나무는 겹벚나무로서 천안 광덕면이 고향이다. 어느 봄날 광덕사 인근의 시골길을 지나다가 외딴 농가를 지키며 가지가 휘어질 정도로 꽃송이를 달고 있는 그 나무에 탄성을 질렀다. 나무 전체가 분홍빛으로 물들어 장관을 연출하고 있는 그 풍경은 일찍이 대면하지 못한 자태였다.

올해 봄날에도 그 나무를 친견하고자 그쪽 마을로 우회하면서 꽃을 감상하고 왔다. 그런데 정말 억만금을 주더라도 가져오고 싶을 만큼 탐나던 나무가 내 곁에 있으니 감격하지 않을 수 없다. 새 식구를 맞이한 지금, 내 마음은 그 어느 때보다 고무되어 있다. 오늘 아침에도 그곳에 가서 반가운 마음으로 나무 곁을 맴돌며 안부를 확인하고 왔다.

이번 나무 불사에는 그곳 인근에서 수행하고 있는 도반의 도움이 컸다. 때마침 나무가 서 있던 그 시골집이 댐공사로 인해 수몰 지역으로 지정된다는 것을 알려 준 뒤 몇 차례 내 뜻을 집주인에게 전하며 산파 역할을 했다. 그 나무를 대할 때마다 '옹색한 이곳에 오래 머물지 말고 나와 같이 갑시다.' 하며 인연이 성사되길 발원했는데, 여름이 끝날 무렵 연락이 왔다. 저 겹벚을 사모한 날로부터 3년 만에 성사된 일이었다. 아침나절부터 장비와 작업인력을 동원하여 트럭에 싣고 있는 걸 보며 이웃이 "스님은 나무를 정말 아끼고 사랑하나 봐요."라고 했다. 나는 웃음으로 답을 대신했지만 틀린 표현도 아니다. 어린나무라면 몰라도 몸집이 큰 나무를 이사하는 것은 여러 가지로 성가시고 복잡한 일임에도 기어이 내 사는 곳으로 옮겨 가니까 그런 말을 했을 터. 어쩌면 이번에 나무를 옮겨 온 게 아니라 세월을 옮겨 온 것이라 하여야 맞을 것 같다. 그 시간의 가치를 알기 때문에 여러 불편을 감수해서라도 작업을 진행한 것이다.

인생 유전처럼 나무 유전도 있다는 것을 자주 말해 왔다. 볼품없는 나무일지라도 그 쓸모를 알아보는 주인을 만나면 대접이 달라지고 운명이 역전되는 것이다. 여기 정원에 심어 놓고 보니 시골집에 있을 때보다 더 인물이 훤해졌다. 비좁은 시골집 그 마당보다는 이곳에서 마음껏 가지를 뻗으며 사람들에게 사랑받고 호강할 것이다. 앞으로 내가 이곳과 인연이 다하는 날까지 잘 보호하고 관리하여 저 나무를 더 빛나게 할 것이다. 그게 식물 집사로서의 당연한 의무다.

저 나무와 계약을 마친 뒤부터 한 달 내내 여러 공간을 살피며 어디에 심어야 적합할 것인가 심사숙고를 거듭했다. 결국 찻집 앞마당에 자리 잡았고, 새 식구의 터전을 크게 마련하면서 본래 그곳에 있던 몇 그루 나무들이 자리를 이동하였다. 이미 뿌리를 잘 내린 그들 나무에겐 다소 미안한 일이었으나 전체의 그림을 위해서는 어쩔 수 없었다. 이러하니 큰 나무를 가족으로 들이는 일은 이래저래 조율할 사정이 많다.

그러나 차일피일 미루지 않고 이번에 단행하길 잘했다. 비록 옮기는 과정에서 생채기가 나고 본래의 가지들이 많이 잘렸으나 하루라도 일찍 낯선 대지에 적응해야 자신의 생을 더 찬란하게 설계할 수 있기 때문이다. 이제 계절이 몇 번 바뀌면 새살이 돋고 새로운 가지가 뻗어 우리 정원의 중심 나무로 그 역할을 다할 것이라 믿는다. 저 나무에 꽃이 만발하면 많은 이들이 위로받으며 봄날의 찬가를 부를 것이다. 그게 저 나무의 영적인 힘 아니겠는가.

나이 든 나무를 보며 "시간을 견뎌 낸 것에는 아름다움이 있다."는 글귀가 생각났다. 사람도 물건도 이와 다르지 않다. 시간의 강을 건너고 세월의 산을 넘어야 비로소 한 존재로서 우뚝 설 수 있는 것이다. 저 나무가 아름다운 것은 모진 시간을 묵묵히 견뎌 낸 세월의 훈장이 있기 때문이다. 어린나무 앞에선 결코 느낄 수 없는 경외감이다.

나의 정원에 아름드리 골격을 드러낸 채 의연히 서 있는 새 식구가 있어 이번 겨울은 막막하거나 따분하지 않을 것이다. 수시로 그의 곁으로 다가가 말을 걸고 친교를 나누면서 내년 봄에 필 저 나무의 꽃을 기다릴 것이기 때문이다. 기다린다는 것은 자연의 순리를 따르는 시간이기도 하다.

그동안 다양한 불사를 해 왔지만, 올해는 노목 불사를 이룩

한 뜻깊은 한 해로 기록될 것이기에 그 연유를 소상히 말해
보았다.

다

때가

있다

한 차례 빗줄기가 지나가더니 상사화가 피었다. 이 꽃이 피면 가을이 다가오고 있다는 뜻이다. 이른 새벽 서늘한 기운에 놀라 열어 놓았던 창문을 닫았다. 이렇게 조석으로 제법 선선한 바람이 불어오고 있는 것을 보아하니 여름도 얼마 남지 않았다. 어느새 가을 손님이 저 멀리서 걸어오고 있는 것이다. 어른들이 "다 때가 있다."고 표현하는데 여기서의 '때'는 계절의 때를 말하는 것이리라. 그 어떤 것이든 때를 만나면 활짝 피었다가 때가 다하면 시들게 되어 있다. 그 때를 거부하거나 외면하지 않고 사는 것이 세상의 순리이며 섭리일 터. 그러므로 인생의 여로에서 그 때를 알아차리고 순응하며 수용하는 자세가 중요하다. 자신의 때를 알아차리지 못하면 그게 '철' 모르는 삶이다.

가야산에서 한 달 휴식을 끝내고 돌아와 보름째 정원 관리에 매달리고 있다. 그날 할 일을 미루었다가 한꺼번에 하려니 힘이 들고 능률도 떨어진다. 풀을 베고, 뽑고, 치우기를 반복하며 땀 흘리고 있다. 법당 뒤 작은 언덕은 잡풀이 자라고 넝쿨이 감아 올라 거의 밀림 수준이 되어 있었다. 키 큰 풀에 가려 홍매 나무가 어디 있는지 보이지도 않을 정도였다. 여름내내 절 밖에서 시간을 보내느라 게으름을 피운 흔적이 곳곳에서 드러났다. 쥐똥나무 울타리도 웃자라 산발한 것처럼 어수선해서 이번에 손봐 주어야 할 것 같다.

어제는 국화밭에 진딧물 약을 쳤는데 이 일도 한참 늦었다. 이미 병이 와서 시들시들 마르는 놈들을 보며 괜히 미안한 마음이 들었다. 정원 일이나 농사는 때가 있는 법인데 그 시기를 놓치면 내년을 기약해야 한다. 이러하므로 주인이 오래 자리를 비우면 그 표시가 나게 마련인가 보다.

밀린 일을 한꺼번에 몰아서 하다 보니 매일 새벽부터 늦은 오후까지 작업복 차림으로 지낸다. 어디 가서 놀다 오거나 여행을 마치고 와도 결국은 빼먹은 시간만큼 작업량을 채워야 비로소 본래의 질서를 회복할 수 있다. 그야말로 '작업 총량제'다. 아무리 피하고 멀리해도 그 총량의 시간을 보내야 가을을 맞이할 수 있는 것 같다. 누가 대신할 수 없는 나의 일이다.

주변에서 '인생 총량제'라는 말을 들어 보았을 것이다. 인생이 성공했다, 실패했다 하더라도 실상은 그 총량 안에서 살아간다는 원리다. 날고뛰어 봤자 기껏 '부처님 손바닥'이라는 말과 같다. 결국 인생은 생로병사의 과정 안에서 설계되는 것. 시기와 경험이 다를 뿐 누구도 그 총량의 인과율을 벗어날 수 없다. 젊을 때 기고만장하던 사람도 중년 이후엔 어깨가 처지는가 하면, 반대로 초년엔 기를 못 펴다가 중년에 일이 잘 풀리는 사람도 있다. 부잣집은 자식 농사가 적고, 가난한 집은 자식 농사가 풍년이다. 이러하므로 인생 대차표를 그려 보면 삶의 역사가 거기서 거기다.

하나를 가지면 하나를 놓아야 하는 게 인생사라 했다. 높은 명예와 많은 재산을 지녔더라도 어떤 변수나 사건을 통해 순식간에 물거품이 될 수 있는 게 사람의 운명이다. 재벌이나 서민이나 결국 인생 총량제 안에서 삶을 사는 것이니 어쩌면 공평한지도 모른다. 아무리 큰 권세를 누렸더라도 눈감을 땐 가져갈 수 없으니 누구나 마지막은 총량제의 완성일 수밖에 없다. 그 어떤 인생이든 총량제 법칙에서 크게 벗어나지 못하는 것이다.

웃다가 울었다가 하는 그 하루가 모여 삶이 된다. 인생에서 모두 다 주어지는 법도 없고, 다 이루어지는 법도 없다. 『화엄경』의 핵심을 적어 놓은 법성게法性偈의 요지를 줄이면 "간다 간다 해도 본래 그 자리, 왔다 왔다 하지만 출발한 그 자리"이다. 아무리 잘났어도 인생은 최종적으로 출발한 그 자리로 돌아온다. 설령 성공한 인생일지라도 오십보백보의 차이일 뿐, 별난 것이 없다.

그러므로 무슨 거창한 업적을 남기려고 애쓸 일이 아니다. 자신의 그릇 크기만큼 행복을 담아 가며 살 일이다. 지극히 단순하고 소박한 마음만 있다면 우리가 누리고자 하는 향기로운 삶은 어디에나 있다. 뭐든 넘치면 그릇도 엎어지고 행복도 산산조각 된다는 것을 기억하면 될 것이다. 나는 상사화 꽃을 감상하며 오늘의 기쁨으로 삼는다.

비
오는
날이라
좋고　　　　　맑은
　　　　　　날이라
　　　　　　좋다

오전 내내 군락으로 피었던 코스모스를 잘라 주는 일로 반 나절을 다 보냈다. 자신의 때를 만나 한창 눈부시게 가을 길 목을 장식해 주었는데 그새 꽃이 다 지고 말았다. 올해는 키 를 조절하지 않고 일부러 높이 키워 터널 같은 꽃길을 연출 했다. 그 길을 걸을 때마다 얼마나 신비롭고 황홀했는지 모 른다. 한동안 나에게 기쁨을 선사하던 코스모스에겐 미안한 일이지만 과감히 잘라 주었다.

이제는 구절초와 국화의 시간이다. 그 순서를 순순히 물려주어야 할 때가 되었다는 뜻이다. 그 차례가 되면 철 지난 꽃은 베어 주어야 다음 꽃이 돋보이는 주인공이 된다. 그러나 코스모스는 씨앗이 그 자리에 떨어져 내년에 또 그곳을 방문할 것이니 미련 둘 일은 아니다. 구절초 피는 정원에 이런 글귀를 세워 놓았다.

차례차례 피는 꽃이라서 아름답다.

거듭 말하지만, 꽃이 세상을 생기 있게 하는 건 그 때를 달리하여 피기 때문이다. 한날한시에 후딱 피고 진다면 세상은 질서가 없을뿐더러 조화롭지도 못할 것이다. 꽃 피는 시절이 모두 다르기에 물기 촉촉한 자연과 마주할 수 있다. 공장에서 찍어 낸 조화造花가 아무리 정교하다 해도 우리의 감성을 자극하지 못한다. 거기엔 생명의 율동이 없기 때문이다. 계절마다 피고 지는 꽃이 있어서 세상은 메마르지 않고 팍팍하지도 않은 것이다.

삶은 수수께끼가 아니라 신비라고 했다. 해석하고 풀 수 있는 문제가 아니다. 살아 있는 자체로 존재할 뿐이다. 하루하루가 되풀이되는 비슷한 날 같지만 늘 변화무쌍하니 신비할 수밖에 없는 것이다. 결국 내가 느끼고 내가 체험하며 생동하는 것이므로 결코 삶은 이론에 있지 않다.

우리의 삶도 그렇게 피고 지는 시점이 다르므로 신비로운 것일 테다. 자신의 소원이 이루어지는 계절이 각기 다르다는 것은 성공의 때와 시간이 모든 사람에게 똑같이 적용되지 않는다는 말이다. 그러므로 원하는 일이 성취되지 않았을 땐 아직 그 때가 오지 않았다고 위로하면 될 것이다. 무심한 시간과 덧없는 세월을 야속하다고 말할지 모르나 우리를 성장시키고 치유하는 데는 아주 효과적이다. 그러니까 소원도 시간이 지나야 이루어지는 것이고, 상처도 시간이 흘러야 아문다.

'우기청호雨奇晴好'라는 사자성어가 있다. 비가 오는 날은 그대로 맛이고, 맑은 날은 맑아서 좋다는 뜻이다. 요즘의 절기가 그렇다. 비 내리는 날은 기막힌 풍경을 만들어 주고, 맑은 날은 하늘이 높아서 또 좋다. 이래도 좋고 저래도 좋은 계절이다.

요 며칠 아침마다 안개가 짙게 내려앉는다. 이럴 땐 소나무 숲이 신비롭기 그지없다. 오늘은 자욱한 안개가 가을 풍경을 연출하는 소품이 되었다. 이렇게 계절이 주는 변화 때문에 같은 장소에 살지만 지루하거나 낯설지 않다. 내가 사는 이곳은 사계절의 경치가 모두 좋아서 이래저래 마음에 드는 곳이다.

저녁나절에 국화밭을 산책하다가 무리 지어 피어 있는 구절초 앞에서 한참을 서성이다 들어왔다. 우리가 눈여겨보거나 살피지 않아도 자기의 일을 충실히 하는 녀석들이다. 주인이 오지 않는다고 기다리거나 투정 부리지 않고 그 자리를 지킨다. 이른 잠에 취해 있던 꽃들이 나의 발소리를 듣고 눈 비비고 일어나 반갑다며 웃고 있는 것 같았다.

계절을 바꾸어 피고 지는 이러한 꽃들이 있어서 나의 삶은 가볍고 상쾌하다. 이상하게도 꽃과 함께 있으면 뾰족하던 마음은 둥글어지고 어둡던 마음은 밝아진다. 아름다운 식물이 곁에 있는 건 집 주변에 친구가 있는 것과 같다고 했다. 세상일이 힘겹고 누추해질 때 말 없는 위로를 건넨다. 굳이 생태학을 들먹이지 않더라도 식물은 친구 이상의 역할을 하고 있다.

"식물이 태양 빛을 먹고 공기를 배출할 수 있다는 사실을 깨닫기 전까지는 제가 꽤 멋지다고 생각했어요." 미국 밥 존스 대학의 짐 버그 교수가 신앙 간증에서 했던 말이다. 세상에서 자신이 아주 잘났고 똑똑하다 여기지만 광합성 작용을 통해 식물이 생명 에너지를 만들어 주지 않는다면 그 또한 소용없는 일이다. 내가 멋질 수 있는 것은 자연이 그 조건을 만들어 주기에 가능하다. 그러니 자연의 도움 없이는 인간은 단 하루도 멋진 생활을 할 수 없다.

이렇게 짚어 본다면 식물의 유용성은 생존 질서에 거의 절대적인 조건이라 할 수 있다. 그런데 이런 소중한 요소들이 모두 무료라는 사실이다. 빛이나 산소를 돈 내고 사야 할 날이 올지는 몰라도 아직까진 큰 걱정 없이 쓸 수 있다. 그러니까 소중한 존재는 표시하거나 공고하지 않아서 그 가치를 모를 때가 많다.

새삼 내 주변의 꽃이 말을 걸어온다는 게 고마웠던 하루. 정말 소중한 것은 모두 무료인데 너무 욕심을 부리며 사는 삶은 아닌지 구절초 꽃길을 걸으며 반성해 보았다. 욕심을 하나둘 비워 내어 몸과 마음이 가벼워지는 가을 보내시길.

바람이
연주하는
소리를

들으라

일을 끝낸 지금까지 내 손등에서 구절초 향기가 난다. 가을에 피었다가 말라 버린 구절초 꽃대를 온종일 잘라 주었는데 그 향이 여태 남아 있다. 어제까지만 해도 작업복에서 퇴비 냄새가 났다. 며칠간의 봄맞이 준비로 몸에서 향기가 나기도 하고 구린내가 묻기도 하고 그렇다.

그저께는 퇴비 만지는 작업을 했다. 가축분 퇴비를 충분히 뿌려 주는 일도 밭 갈기 전에 미리 해야 할 과정이다. 봄날에 모종을 심는 일은 그다음 순서다. 지난해에는 퇴비가 부족했는지 작물이 튼실하지 않았다. 빈 밭에 퇴비를 무더기로 부어 놓았으니 이제부터 본격적인 영농일기를 쓰게 될 것이다. 이번엔 퇴비를 넉넉하게 들여와서 나무 아래에도 양분을 듬뿍 넣었다. 벚나무, 매화나무, 복숭아나무, 목수국 등 이제 뿌리를 내리기 시작한 녀석들한테 거름 맛을 보여 주며 무럭무럭 성장할 것을 부탁했다. 묘목이 어른 나무가 되기까지는 세월이 필요하지만, 주인의 손길로 다독여 주면 더 늠름하고 단단한 나무로 자랄 수 있기 때문이다.

언제부턴가 이런 일도 혼자 하기엔 힘에 부친다. 더 나이 들면 어찌하나 덜컥 겁이 난다. 마음은 뻔한데 몸이 말을 안 듣게 되면 멍하니 손 놓고 있어야 할 때가 올 것인데 벌써 체력이 약해지니 걱정은 된다. 하지만 정원 일은 어차피 건강이 허락할 때까지만 가능한 영역이라서 그날까지 소일 삼아 집중하며 즐기면 되는 일, 그다음 걱정은 아직 이르다.

일본 교토의 료안지[龍安寺]를 여러 차례 방문했는데 그때마다 산수山水정원은 언제나 완벽했다. 그곳 스님들은 이른 새벽 몸을 씻고 정원으로 입장하여 전날 떨어진 나뭇잎과 잡초를 정갈히 정리한 뒤 갈고리로 바닥의 자갈을 긁어 주는 일을 반복하고 있었다. 그러니까 사람이 몰리기 전에 일찍 그런 일을 마치는 것이다. 그 수고 덕분에 방문객들은 언제나 명경 같은 정원을 감상하는 호사를 누리게 된다.

그와 같이 나의 수고와 노력으로 방문하는 분들이 고요와 평화를 선물 받고 가면 그것으로 만족한다. 거창하게 수행이라는 낱말을 붙일 일은 아니더라도 매일 예불 올리듯 정원에서 명상의 시간을 보내는 것이다. 나는 우리 정원이 고결한 휴식을 줄 수 있는 최적의 장소이길 원한다. 그래서 꽃과 나무는 자연이 설하는 무진법문이며 삶에 대한 응원이라는 생각을 지니고 있다. 이곳 정원을 조성할 때 어떤 형태로 설계할지 여러 명찰을 발품 팔아 견학하며 고민했다. 결국 그 주제를 '위로와 명상'으로 정하고 나 나름의 소견을 발휘하며 가꾸고 있다.

어디든 앉으면 지친 어깨를 다독이는 바람이 있고 어두운 마음을 밝게 해 주는 꽃이 있다면 그 어떤 한마디보다 큰 위로가 되리라 믿는다. 때론 사람에게 듣는 격려보다 자연이 전해 주는 위로에 가슴 뭉클해지기도 한다. 굳이 사람과 대면하지 않아도 섭섭한 마음을 위로받을 수 있는 공간이 필요한 시대라는 뜻이다. 이러하므로 정원은 자신의 고민을 풀어 놓아도 무방한 은밀한 성소聖所가 되어야 할 것이다.

12세기의 수도자 성 베르나르도는 "우리는 책보다도 숲속에서 더 많은 것을 배울 수 있다. 바위와 나무들은 그 누구도 가르쳐 줄 수 없는 비밀들을 우리에게 가르쳐 줄 것이다."라는 명언을 전했다. 어쩌면 미래가 요구하는 종교는 거창한 담론이나 철학이 아니라 나무와 꽃일지도 모르겠다.

얼마 전 단풍나무 아래에 작은 건축물을 설치하고 종을 달았다. 그곳을 '명상의 집'으로 명명했다. 바람이 살살 불 때마다 종소리가 은은히 들리고 봄 햇살이 곱게 들어오는 곳이다. 안내문엔 '바람이 연주하는 종소리를 들으며 삶의 무게를 가볍게 하고 복잡한 문제에서 단순해지길!'이라 적었다. 누구나 잠시 앉아서 숲이 전하는 위로에 귀 기울이며 자신의 삶을 축복하라는 나의 배려다. 내면의 고요와 영혼의 울림을 듣게 된다면 스스로 답을 찾을 수 있을 것이다. 이곳에서 자신만의 고해성사를 거행하라는 의미이기도 하다.

불교는 어떤 문제를 해결하는 방법을 제시하는 종교라기보다는 고민을 해소할 수 있는 지혜를 전달하는 종교에 가깝다. 언제든 문제가 또 발생할 수 있으므로 해결은 완벽한 방법은 아닐 것이다. 그러나 문제의 해소에 목적을 두면 같은 상황이 발생하더라도 큰 절망으로 다가오지 않을 가능성이 크다. 문제와 갈등은 해결보다는 해소의 시각으로 조율해야 옳은 태도라는 것이다.

고통 또한 이해해야 할 대상일 뿐 극복해야 할 문제는 아니다. 극복은 해결을 전제하는 것이고, 이해는 해소를 요구하기 때문이다. 진정으로 이해할 때 사랑과 용서도 가능하다. 그렇다면 지금, 여러분들 고민과 고통의 실체는 무엇인가. 이곳에서 인생의 문제에 대해 섣불리 해결하려 하지 말고 서서히 해소하는 지혜를 배워 가길 바란다.

계절이 그리는 풍경

자족하는 기쁨

소원이

적을
수록

행복하다

종일 빗소리에 묻혀 호젓한 시간을 보냈다. 창문을 울리는 청명한 봄비 소리는 고요하고 평화로웠다. 간밤에 바람 소리 가득했는데 한낮에는 빗소리만 선명했다. 이런 날 방문 걸어 놓으니 손님도 뜸하여 우일 서정을 즐기며 오롯이 묵상에만 전념할 수 있었다.

누군가는 "저마다 꿈을 향해 노력하다 보면 일상 속에서 예기치 못한 성공을 만날 것이다."라고 했다는데 오늘 같은 때가 예상치 못한 성공의 날이다. 언제 이런 날을 또 만나랴.

진정한 성공은 목표에 도달했거나 출세한 사람에게만 쓰이는 단어는 아닐 것이다.

철학자 알랭 드 보통은 진정한 성공은 '평화로운 상태'에 놓여 있다는 뜻이라 했다. 그렇다면 오늘 하루 성공한 삶을 산 것이다. 종일토록 온전한 평화를 유지하며 내 마음이 무척 따뜻해졌기 때문이다. 복잡하고 어지러운 세상일수록 그늘진 마음에 순한 볕을 들일 수 있는 고요한 때를 만난다는 건 아주 기분 좋은 일이다. 충만한 이 마음의 평화가 이웃에게 전해지길 기도했다.

달라이라마 어록에서 읽었던 "원하는 것을 얻지 못하는 것이, 때로는 행운이라는 것을 기억하라."는 말씀을 곰곰이 되새겨 보았다. 일반적으로 원하는 것을 얻었을 때 행운이라고 생각하는데 왜일까? 이 말은 '행운의 역설은 불행'일 수 있다는 공식을 주장한 것이다. 인생에서 만나는 뜻밖의 행운이 오히려 불행의 원인이 되기도 하기 때문이다. 자기 그릇에 넘치면 불시에 다가온 행운도 화가 될 수 있다는 걸 알아야 한다. 횡재를 만나면 횡액을 당하기 쉽다.

법성게에 '귀가수분득자량歸家隨分得資糧'이란 구절이 있다. 다양한 해석이 있을 수 있겠으나 '집으로 돌아갈 때 자기 분수만큼의 양식만 얻으면 된다.'는 뜻으로 받아들이고 싶다. 즉 분수 따라 명예든 재물이든 지녀야 별 탈이 없다. 그 분수는 인격의 넓이라고 수차 말해 왔다. 인격이 받쳐 주지 않으면 복이 굴러와도 결코 그릇에 담지 못한다. 삶의 종점에서는 평소의 공덕과 업적 따라 공정하게 평가받을 것이다.

그러므로 소원이 다 이루어지지 않았다 하여 크게 실망하거나 실의에 빠져 있을 필요가 없다. 어제 정기법회 강연에서 '소원 없는 사람이 더 행복한 사람'이라는 뜻을 전했다. 그 자리에 참석한 사람들에게 소원이 적을수록 행복할 여지가 높다는 걸 일러 주고 싶었다. 『사기』에서 '무망지복無望之福'이란 사자성어를 보았다. 바라지 않던 복이란 뜻이니 뜻밖의 행운을 얻었을 때 사용하는 말이다. 나는 이 뜻을 조금 바꾸어 '바라는 게 없으면 그게 복이다.'로 풀이하고 싶다. 바라는 마음에서 욕심이 생기고 분에 넘치는 기대를 하기 때문이다.

우리는 늘 소원성취를 기원하지만 셈해 보면 이루어진 소원이 더 많을지 모른다. 그런데도 죽는 순간까지 소원은 진행형이다. 앞으로 이루어야 할 소원의 항목을 계속 추가하며 살게 된다. 생각해 보라. 이 세상에 사람 몸으로 태어났고 부모를 만났고 학교를 졸업했고 결혼했으며 자식 있고 심지어는 직장도 집도 자동차도 있다. 이런 큰 소망들이 이루어졌음에도 소소한 것을 자꾸 늘리니까 소원 창고는 언제나 채워지지 않는다.

하나를 이루면 또 하나의 소원이 생기게 마련이다. 걱정이 끝이 없듯 소원도 무궁무진이다. 그러니까 소원이 많은 사람은 이루어야 할 목표가 줄줄이 설정되어 있기에 그 소원이 종료될 날이 없으므로 오히려 불행한 사람일지 모른다. 이런 의미에서 애당초 소원이 없는 사람은 달성해야 할 목표가 없으므로 더 행복하다는 공식이 성립되는 것이다.

우리 절에 '소원 돌'이 있는데 그 앞에서 기도한 뒤 양손으로 들게 되면 신기하게 소원이 간절한 사람은 소원을 말하기 전보다 돌이 더 무거워진다는 것이다. 똑같은 돌인데 왜 그럴까. 이 원리는 소원의 무게가 작용했기 때문이다. 무심코 돌을 들었을 때는 본래 그 무게였으나 소원에 대한 깊은 갈망으로 돌을 들면 의식적으로 무거운 상태가 되는 것이다. 내가 힘을 주고 있지만 '들리지 말라'는 심리가 작동하고 있는 이치다. 심리학에서 정의하는 '자기충족적 예언'이란 게 이런 맥락일 것이다.

그런데 소원 없는 사람은 무겁지도 가볍지도 않다. 더 정확히 말하면 그 사람에게는 무겁든 가볍든 별 의미가 없다. 왜냐하면 그에게는 이루고자 하는 소원이 더 이상 없으니까. 이룰 소원이 없다는 것은 걱정도 없고 해결해야 할 문제도 없다는 의미이므로 결과적으로 더 행복한 사람이다.

이번 봄비 소리에 숲의 식물들이 겨울잠에서 깨어나 눈을 뜰 것이다. 따스한 봄 햇살에 꽃망울이 자신의 신비를 터뜨릴 태세를 하고 있다. 일본 헤이안 시대 말기의 선승 지엔[慈圓]은 "꽃은 무심히 향기를 내고 있는데 나는 마음을 꽃에 두고 바라보고 있구나." 하는 심사를 토로했다. 꽃은 저들이 피우는데 괜히 나만 설레며 기다리고 있다. 계절의 시간표에 툭 던져 놓고 그냥 무심히 바라볼 일이다. 언제 필 거냐, 왜 안 피지 하며 기대나 희망을 보태면 절대 무심해질 수 없겠지. 뭔가 바라는 마음이 없는 것이 최고의 평화며 행복이다.

풍류
정원

산창 밖은 이미 봄빛 가득하니
봄 마중 멀리 갈 필요 없네.
잠깐 늦잠에 봄 친구 손짓하여
세수도 잊고 뜰로 나가 봄날을 즐긴다.

봄날에 취해 꾸벅 졸다가 일기에 적어 본 소회다. 이런 날은
졸아도 무방하고 눈 비비며 부스스 일어나도 상관없다. 봄
햇살에 비친 얼굴은 누구든 해맑으니 아침 세수 지나쳐도 크

게 책잡힐 일은 아닐 것이다. 해마다 봄볕에 잠들면 세월 가는 줄 모르고 백년행락을 읊조리게 된다. 하긴 온 천지가 화란춘성 만화방창이니 그럴 만도 하겠다.

송대宋代의 시인 구양수는 스스로 '취옹醉翁'이라 불렀다. 혹여 뒷사람들이 술에 취한 사람이라 오해할까 봐 '산수山水에 취한 사람'이란 설명까지 남겼다. 사계절 풍경에 취하여 한 생을 살았다니 참 멋있고 호탕한 인생이 아닐 수 없다. 나도 뭔가에 한껏 취하고 싶어서 지난해 가을에 천 그루 이상 목수국을 심었다. 그야말로 수국 향기에 지쳐 쓰러지고 싶은 소망이 있었기에 벌인 일이다.

자연 풍광에 맘껏 취하여 혼미해지는 일은 큰 허물이 아닐지도 모르겠다. 오히려 인생의 멋을 연출하는 일종의 풍류라 말하고 싶다. 인생에서 풍류가 빠지면 감성과 낭만이 없을 것이다. 경주 아란야 사원에 갔더니 포석정을 현대적으로 해석하여 만들어 놓았는데 참 흥미로웠다. 수영장 형태의 정사각형에 물을 채우고 동서남북으로 앉아 꽃과 차를 띄워 보내며 명상의 시간을 가질 수 있도록 설계했다.

일찍이 자신을 '풍월주인風月主人'이라 불렀던 정극인은 "청향清香은 잔에 지고 낙홍落紅은 옷에 진다."는 강호가江湖歌를 불렀다는데 그 절에 매화 피고 단풍 지면 그 풍경이 연출될 것 같았다. 명상과 풍류를 절묘하게 조합한 것이라 그 나름 신선했다. 풍류가 시대에 따라 모든 분야에서 다양하게 진화하고 있는 현장을 목격한 셈이다.

나이 들어 가면서 풍류의 묘미를 조금씩 알겠다. 풍류 없는 인생은 소소한 아취가 없을뿐더러 표류하며 유랑하기 쉽다. 풍류를 즐기기 위해서는 자연, 원예, 음악, 그림, 음식, 여행, 역사 등 문화 예술과 교양 전반에 걸쳐 상식이 있어야 가능하다. 삶에 대한 진지한 성찰과 배움이 전제될 때 풍류를 즐길 수 있는 것이다. 한마디로 '잘 노는 일'이라 정의할 수 있다. 그렇다면 잘 노는 일이 무엇일까. 자신에게 주어진 일을 소홀히 하며 흥청망청 즐기는 것은 절대 아니다. 자기 삶에 충실하며 만족할 줄 아는 사람, 어디든 막힘이 없고 조화로울 수 있는 사람, 현재의 그 일에 온전히 집중하는 사람, 남에게 기대지 않고 자신의 인생을 살아 내는 사람이다. 따라서 풍류는 인생을 감칠맛 나게 만드는 양념 같은 것이다.

여기저기 벚꽃이 터지는 날, 활짝 늘어진 능수벚꽃 아래에 다기를 펴고 윗절 아랫절 스님네들 불러 모아 정담을 나누었다. 때마침 황금 매화가 봄 손님으로 방문하였기에 그 꽃잎을 따서 찻잔에 담았다. 그날은 봄바람이 시샘하는지 꽃가지를 살살 흔들어 댔다. 벚꽃 화려한 날은 고작 삼사일뿐이니 오늘 지나면 내년을 기약할 수밖에 없다. 그래서 아주 짧은 그 시간을 만끽하고 추억하기 위해서 번개 모임을 주선한 것이다. 봄 향기에 마음 한쪽 내어 주고 다정한 사람들과 우정을 키우는 게 나 나름의 봄날 풍류다.

근래에 풍류 정원이 등장하고 있어 관심을 가지게 되었다. 자연 자체를 그 나름의 방법으로 독특하게 즐기며 아름다운 경관에 역사와 낭만을 담는 방식이다. 경북 안동의 만휴정이나 전남 담양의 소쇄원 같은 곳이 풍류 정원의 원형일 것이다. 거대 자본을 들여 인공적으로 조성한 정원은 대지와 규모는 압도적이지만 잔잔한 감동이 없고 피곤하기만 하다. 그러나 자연을 크게 배격하지 않고 지형에 순응하며 조영된 정원은 편안하고 기분 좋다. 이번 안동 답사길에 들렀던 봉정사 영산암의 정원은 고답적이긴 하나 소박한 아름다움이 깃들어 있었다. 찬란하고 웅장하다 하여 반드시 명품 반열에 오르는 것은 아니다.

봄날 한때를 노닐다가 내 정원에는 어떤 풍류가 있는지 생각해 보게 되었다. 일전에 일본 정원을 견학한 뒤 우리 정원에도 이끼를 깔고 석간수 졸졸 흐르는 수조를 만들고 싶어 '오유지족석吾唯知足石'까지 구해 놓았는데 다른 일에 밀려 아직 실행하지 못하고 있다.

풍류 정원의 특징은 산수와 어긋나는 구성은 생략하고 인공미와 자연미의 비율을 조화롭게 적용하여 균형 있는 배치를 한다는 점이다. 결국 균형이란 무엇이든 눈에 튀지 않게 조형하는 기술일 것이다. 어쨌거나 정원 곳곳에 조촐하면서도 작은 멋을 부려 보는 것도 자기만의 풍류라 할 수 있겠다.

청경우독 清耕雨讀

지리산 암자에 갔더니 이 글귀를 새겨 놓고 연못에 작은 배 띄우며 홍련 향기에 취해 살더라. 그 장면이 호젓하여 산중 풍류를 연출하는 도인처럼 느껴졌다. 진정한 풍류는 자신도 멋있고 남이 봐도 멋있는 장면일 것이다. 날 맑은 날은 밭에 나가고 비 오는 날은 책을 읽는다는 그 글귀는 내 풍류 생활의 규범으로 삼을 만하다.

꽃
앞에서

삶을
위로받길

나이 들어 간다는 것이 반드시 쓸쓸한 일만은 아닌 것 같다. 인생의 갈피마다 새로운 종류의 기쁨이 남아 있는 까닭이다. 젊은 날은 그 시절의 기쁨이 있었고, 지금은 다른 기쁨이 받쳐 주고 있지 않는가. 인생은 그때마다 소중한 사람과 중요한 일이 있기 마련이다. 하지만 한때 열정을 쏟았던 대상일지라도 지금은 유효하지 않을 수 있다. 왜냐하면 현재 내가 만나는 사람과 마주하는 일이 더 값질 수 있기 때문이다. 다시 말해 나이에 따라 기쁨을 주는 기준이 다르다는 뜻이다.

지금의 기쁨을 말하라면 정원 뜰과 마주하는 것이다. 이 나이에 나의 뜰이 없었다면 그 어떤 일로 기쁨을 삼았을까 싶다. 요즘은 자나 깨나 내 시선이 정원에 가 있다. 흙을 만지며 지내는 시간이 사람과 교류하는 시간보다 더 흥미롭다. 심지어 꿈을 꾸어도 꽃을 팔고 사는 꿈이다. 오죽했으면 지인이 "스님은 꽃이 걱정되어 어찌 잠을 주무시는지 궁금하다." 했을까. 이제는 정원 밖의 일은 점차 소홀해지고 관심에서 멀어지고 있다. 세상이 복잡하고 시끄럽더라도 정원 안에서는 한적한 삶을 경영할 수 있으면 좋겠다. 옛말에 '일일청한일일선 一日淸閑一日仙'이라 했는데 하루 한가로울 수 있다면 그 하루는 신선의 삶일 것이다.

헤르만 헤세는 '정원은 혼란스러운 세계에서 물러나 영혼의 평화를 지키는 장소'라고 정의했다. 정원 속에 있으면 누구나 마음이 고요해지고 영혼이 순화되는 기분을 느낀다. 꽃들을 보며 화를 내거나 시비를 논하는 사람은 거의 없다. 꽃들의 표정 앞에서 세상의 근심사가 스르르 풀어지는 것이다.

근래에는 정원치유, 원예치료가 도입되어 환자들에게 인기가 높다고 들었다. 달콤한 꽃향기가 부교감신경을 자극해서 마음을 안정시키고 불안 반응을 억제하는 효능 때문이다. 흙냄새를 맡거나 흙을 만지면 우리 몸에서 행복 호르몬이 형성되어 기분을 상쾌하게 한다는 보고서도 있다. 이러한 의학적 논리가 아니더라도 자연이 우리에게 주는 치료 효과는 생활 속에서 충분히 경험한다.

"한 권의 책보다 더 지혜로운 곳은 꽃밭이다."라는 말이 있다. 사계절을 보내며 다양한 식물들이 보여 주는 생명의 경이와 신비를 가까이하고 있으면 책에서 발견할 수 없는 삶의 교훈을 배우게 된다. 그래서 성자는 숲에서 영감을 얻고 길에서 가르침을 얻는다.

오전 시간에는 소슬한 비가 내려 만사 미루고 쉬었다. 하느님께서 정원사들이 집안일을 할 수 있도록 비 오는 날을 만드셨다는 우스개가 있다. 나도 비를 핑계 삼아 일부러 여유를 부린 것이다. 봄의 행군이 시작된 후로 한가롭게 보낸 날이 며칠 없다. 먼동이 틀 때 꽃밭으로 나가면 해가 져서야 방으로 들어오니까 정작 집안의 일은 밀렸다.

내 몸이 강철은 아닐진대 쉬는 날 없이 무리하다가는 몸이 상할 수 있다. 이러다 몸살이라도 난다면 오히려 일은 밀려나고 나만 손해다. 근래에는 몸의 반응이 약해지면 이것저것 따지지 않고 일손을 놓는 편이다. 너무 몸을 혹사해서 무릎이나 관절이 망가지는 정원지기들을 많이 봤다. 아무리 정원에 심취할지라도 몸 돌보지 않고 우악스럽게 할 일은 아닐 것이다.

어느 노인에게 장수하는 비결을 물었단다. 그의 답은 오르막에서 온 힘을 다 쓰지 말라는 것이었다. 그러니까 한꺼번에 힘을 다 쏟지 말라는 뜻. 물건이든 사람이든 최후의 힘은 남겨 두어야 오래간다는 의미로 이해하고 싶다. 정원 일이라 할지라도 칠 할 정도의 힘을 들였다 싶으면 일을 털고 그 자리에서 일어나야 현명하다. 내 몸이라 해서 막 쓰다가는 기운이 소진되어 오히려 멀리 가지 못한다. 그래서 오전에는 몸이 무거워서 일단 쉰 것이다.

그러나 비 그친 오후엔 천일홍 꽃밭에서 풀 매는 일로 시간을 보냈다. 집안의 이런저런 업무보다는 호미 들고 비지땀 흘리는 시간이 훨씬 성성적적惺惺寂寂하다. 근래에는 정원이 내겐 기도하는 법당이고 수련하는 선실이다.

어찌 　　　오래된 술만

사람을
취하게 하랴

근래엔 아침마다 향을 피우고 밀초에 불을 켜는 일이 어느
새 의례가 되었다. 여기에 잔잔한 음악을 틀고 차를 마시는
것이 아침을 맞는 나의 일상이다. 가끔 봄꽃 한 가지를 잘라
다실을 장식하기도 한다. 『베갯머리 서책』의 저자 세이 쇼나
곤은 "숲은 동틀 무렵이, 여름은 밤이, 가을은 해 질 무렵의
정취가, 겨울은 새벽녘이 가장 좋다."고 했다. 여기의 봄날 숲
도 아침 무렵이 더 경건하다.

이런 시간은 그 어떤 일에도 간섭받지 않고, 오로지 나를 위

한 공간으로 삼고 싶다. 홀로 있음을 당당히 자각하며 주어진 하루를 맞이하고픈 소망이다. 이런 시간마저 선택할 수 없었다면 시끄러운 세상으로 진즉 하산했을 것이다. 나만의 조촐한 한때를 즐길 수 있기에 출가의 삶은 더 빛나는 것인지도 모르겠다. 인간은 홀로 있으면서 자신을 들여다보아야 범속한 일상에 매몰되지 않는 법.

송나라 상류층에서는 '사반한사四班閑事'라는 말을 즐겨 사용했다. 이른바 네 가지를 벗 삼아 여유를 즐기는 일인데 생활 속에 차, 향, 꽃, 그림을 가까이 두는 것이다. 차 마시고, 향 사르고, 꽃을 꽂고, 그림을 감상할 줄 아는 삶을 이르는 말이다.

이러므로 다실은 이런 친구들이 준비되었을 때 형식을 갖춘 것이라 할 수 있겠다. 다실에 향 연기 감돌고 은은한 꽃송이 놓여 있으면 아치가 한결 맑을 것이나, 그곳에 그림 하나 내걸린다면 더욱 격조 있을 것이다. 그곳에서 차를 주제 삼아 시詩, 서書, 화畵를 논하면 그 어떤 자리보다 교양 있을 것이다. 저급한 정치 이야기나 세간에 떠도는 남녀상열지사는 사절이다.

오늘 다실의 그림을 바꾸어 걸었다. 명나라 시대의 문사 문징명이 그린 품다도品茶圖의 영인본 족자이다. 진품은 대만 고궁박물관에서 소장하고 있는데 그곳의 지인에게 부탁하여 구매한 것이다. 문징명은 뛰어난 문장가이기도 했지만 탁월한 다인茶人이기도 했기에 해차가 유통되는 계절에는 그의 거처에 다양한 손님들이 왕래했다 한다. 이 품다도는 그 시대의 유행으로 번져 묘사와 위작이 무척 많았다니까 그의 명성이 어떠했는가를 알 수 있다.

이 그림의 화제畫題는 꽤 유명하다.

> 푸른 산 깊은 곳 먼지 하나 없는 곳
> 계곡 옆 창문을 모두 열어 놓고
> 곡우 금방 지났기에 차 마시기 좋은 때라
> 솥의 물 막 끓어오르는데 때마침 반가운 벗이 왔네.

곡우가 지나면 해차가 생산되니까 그 무렵 산방에 모여 차를 맛보며 품질을 평가하는 그 풍경을 잘 묘사했다. 이런 품다회 자리가 널리 전승되지 못하고 점점 소멸되는 게 아쉽다.

나의 다실에는 또 한 점의 다게茶偈가 있다.

> 막도취인유미주 莫道醉人唯美酒
> 다향입심역취인 茶香入心亦醉人
> 이름난 술만이 사람을 취하게 한다 말하지 마오.
> 맑은 차 또한 마음에 스며들면 그 향기에 오래 취한다오.

출처는 정확히 모르겠으나 차의 정신을 잘 설명하고 있어서 서예가 한결 선생께 부탁하여 원문으로 적은 것이다. 어느 산골 스님이 향기에도 무게가 있다고 하더라. 코끝을 스치고 지나가는 향기가 있는가 하면 가슴까지 스며들어 오래 남는 향기도 있다. 물이 항아리를 채우듯 가슴까지 차오르는 향기가 위에서 말하는 '마음에 스며든다'는 뜻이다. 그 향기로운 대화가 청담淸談이다.

다실은 간결하고 정돈된 것이 좋다. 선실과 다실은 비워 두어야 명작이다. 꼭 필요한 도구만 있으면 되는데 잡다한 물건으로 채워져 있으면 왠지 영혼까지 갑갑해지는 기분이다. 다실의 황금비율은 절반 이상 비워 놓았을 때 더욱 쾌활하다. 한마디로 '사반한사' 외의 것들은 모두 거추장스러운 물건일 뿐이다.

젊을 때는 예술품 가득 찬 공간을 부러워했는데 요즘은 생각이 달라졌다. 그런 공간은 답답하고 복잡하다. 내가 물건에 예속된 기분이 들기에 싫어졌다. 나는 텅 빈 선실에 앉아 있으면 그렇게 평화로울 수 없다. 내가 그 공간의 주인이 잠시 되었다가 다시 돌려주는 기분. 그래서 될 수 있는 한 안팎을 비워 두며 지낸다.

나도 이제 하나씩 내던질 것이다. 얼마 전엔 책장을 싹 비우고 그곳에 다기 몇 개만 놓았다. 여백증후군이란 병이 있단다. 일정이든 공간이든 비어 있으면 불안한 증상을 말하는 것이다. 수첩에 약속이 가득해야 안심되는 사람을 지칭하는데 이것도 환자라는 진단이 놀랍다. 너 나 할 것 없이 비우는 생활보다 채우는 일이 습관이 되었다. 이러하기에 채워서 행복하기보다는 비워서 홀가분한 삶을 선택할 것이다.

삶의 기술은 공간을 비우는 일이다. 그것이 물건이든 명예든 과감히 비웠을 때 걸림 없고 가벼워지는 인생사. 그 이치를 이순耳順 즈음에야 알아 가고 있다.

순간
순간

사랑하고
행복하세요

나는 지금 제주에 와 있다. 큰 변고가 없다면 여기서 한 달 동안 지내다 갈 예정이다. 아주 오랜만에 홀로 시간을 보내며 제주의 푸른 물빛에 가슴 부풀어 있다. 어제는 해변 산책길을 걷다가 노을 물든 바다를 감상하며 돌아왔고, 오늘은 숙소와 가까운 동네 길을 따라 느릿느릿 걸었다.

이번 여행을 계획하면서 몇 가지 원칙을 정했다. 첫째는 명소 가지 않기, 둘째는 맛집 검색하지 않기, 셋째는 승용차 이용하지 않기 등이다. 나는 사람 몰리는 관광지를 둘러보거나 학문적 탐사를 위해 이곳에 온 것이 아니라 천천히 걸으며 나에게 휴식을 선물하기 위해서 왔다.

그러기에 하루의 일정이나 목적지가 따로 없다. 주변을 느리게 둘러보다가 나무 그늘에서 쉬기도 하고 아담한 카페에서 커피를 마시면 되는 것이다. 어제는 이웃 동네 초입에서 한식당을 발견하고 그곳에서 점심을 해결했다. 어느 집에서 어떤 메뉴를 먹을까를 고민하지 않아도 된다. 그러니까 평소의 업무나 예정된 약속에서 벗어날 때 진정한 휴식이 되는 것이다. 돌이켜보면 마야사를 창건하고 전법 활동을 하며 도량을 꾸준히 가꾸어 온 세월이 어느새 10년이다. 지난달에 10주년 기념행사를 마치면서 그동안 수고해 온 나 자신에게 반추할 기회를 주어야겠다 생각했다. 내 인생에 대한 격려와 성찰의 시간이 그즈음에 필요했던 것이다. 그래서 출가할 때의 그 결의로 돌아가 홀로 길을 떠나자는 다짐을 했다.

여기 오기 전날까지 텃밭에 물을 주고 밭둑에 풀약을 치고 정원의 잡초를 뽑았다. 일상의 일이란 자라나는 수염과 같아서 늘 현재 진행형일 뿐 끝이 없다. 이러하므로 어느 시점에서 중단할 수 있어야 매듭이 되고 마무리가 되는 것이다. 이 일 저 일에 구속되어 머뭇머뭇 지내다 보면 그 기회는 세파에 떠밀리기 마련이다. 결국 삶의 휴식은 감행하는 자만이 누릴 수 있는 시간일지 모른다. 그러므로 어느 순간 쉼표를 선택하고 과감히 결정해야 한다. 언제 또 이런 기회가 나에게 올지 모르나 설령 주어진다 해도 그때는 지금과는 다른 의미이며 다른 시간일 것이다.

모든 것이 일기일회. 인생에서는 똑같은 기회가 여러 번 오지 않는다. 설령 동일한 기회가 왔더라도 그 시점이 다르므로 결코 같을 수가 없는 것이다. 그래서 이번의 내 선택을 존중하며 하루하루를 소중하게 보내려 한다.

제주의 골목길을 걸으면서 마을마다 우람한 팽나무들이 자리를 지키는 걸 보았다. 육지에서는 느티나무가 당산 역할을 하고 있는데 바람 많은 이곳에서는 팽나무가 세월을 쌓으며 마을의 애환과 동행하고 있었다. 멀구슬나무에 보라색 꽃이 핀 걸 보고 나서는 내 발걸음이 가벼워졌다. 제주를 여러 차례 방문하였어도 멀구슬나무에 핀 꽃을 옆에 두고 본 것은 이번이 처음이다. 이러므로 천천히 걸으며 자세히 보아야 예쁘다 했나 보다. 여긴 벌써 골목집마다 분홍 낮달맞이꽃이 한창 피어 있다.

어느 집 앞을 지나다가 담장에 무리 지어 피어 있는 시계꽃을 보았다. 우리 절에도 심었으나 겨울을 견디지 못하고 시들어 버린 그 꽃을 이곳에서 만나게 되어 반가운 마음에 사진에 담았다. 개인의 기질과 취미는 여행지와 상관없이 이목이 반응하는가 보다. 제주에 왔어도 나무와 꽃에만 자꾸 눈길이 간다.

비록 손바닥 정원일지라도 그 집 앞은 그냥 지나치지 못하고 무슨 꽃을 심고 피웠는지 살펴보게 된다. 꽃을 사랑하는 정서는 지역이나 계층과 상관없이 일치할 것이다. 우리 민족만큼 꽃씨를 나누면서 꽃을 아끼는 강인한 민족이 또 어디 있으랴. 자기식의 정원을 만들고 자기 취향의 식물을 심으며 풍진 세상을 다독이며 살아왔을 것이다.

오후에는 애월 바다가 보이는 언덕에 앉아 음악을 들으며 한참을 보냈다. 몇 시까지 어딜 가야 한다는 계획이 없으니 서두를 것도 없다. 얼굴을 스치는 바람을 도반 삼아 쉴 뿐이다. 침묵 속에서 나 자신과 대화를 나누며 심심한 시간을 유익하게 즐기는 셈이다. 순간순간의 시간을 온몸으로 받아들이며 충전할 수 있다면 그야말로 깨어 있는 휴식이라 할 것이다.

인생에서도 그때그때의 휴식이 필요하다. 그럴 때 스스로 충만할 수 있다. 출세와 성공이 목적이 되면 자잘한 휴식의 기쁨을 놓치게 될 것이다. 우리가 지금 누리는 행복의 수치는 자잘한 기쁨의 평균값이다. 따라서 숨 쉬고 있는 지금이 휴식의 과정이 되어야 현재가 더 빛날 수 있다. 분주하게 사는 일이 반드시 행복의 길은 아닐 것이다.

이런 의미에서 우리 절 입구에 "순간순간 사랑하고 순간순간 행복하세요. 그 순간이 모여 당신의 인생이 됩니다."라고 쓴 것이다. 바쁘게 지나간 일들은 기억에 담아 두지 않는 게 좋다. 그것은 이미 죽어 버린 일들. 과거에 얽혀 있으면 현재의 삶이 녹슬고 만다. 나는 이곳 제주에서 순간순간을 사랑하고 순간순간 행복할 수 있는 그런 한 달을 보낼 것이다.

앉은

그 자리가

꽃
자리다

동네의 작은 카페에서 이 글을 쓰고 있다. 해변으로 이어지는 샛길 중간에 자리 잡은 이 카페는 조용하고 아담해서 제주에 머무는 동안 자주 들르던 곳인데 오늘이 마지막이라 주인장에게 인사를 마쳤다. 매일 산책하던 골목길도 어느새 눈에 익숙해졌는데 내일이면 이곳을 떠난다. 내 사는 곳으로 돌아가더라도 한동안은 여기의 바람 소리와 맑은 하늘이 그리울 것 같다.

지난 한 달 내내 느릿느릿 감상하며 제주의 풍경을 옴팡지게 즐겼다. 처음 올 때 약속했던 '세 가지 원칙'에 충실하며 오롯한 나의 시간과 마주했다. 그 누구에게도 방해받지 않았으며, 그 어떤 일에도 구속되지 않았다. 아주 느리게 살았던 시간 덕분에 나의 충전 게이지는 다시 정상이 되고 있다. 사람이 쉴 수 있는 때를 놓치면 '번 아웃' 현상이 찾아올 수 있으므로 휴식은 멈추어 있는 것이 아니라 천천히 걸으며 삶의 속도를 조절해 주는 일이다.

이곳에서의 즐거움은 과제 없는 하루를 맞이하는 일이었다. 때로는 하루 반나절 이상 목적 없이 걷기도 했으며, 버스를 타고 아무 곳에나 내려 기웃기웃하기도 했고, 배고프면 눈에 띄는 식당에서 혼자 밥을 먹었다. 그러다가 마음에 드는 카페가 보이면 앉아서 시간을 보내기도 했다. 딱히 정해진 일정이 없으니 선택한 그 일이 그날의 목적이 되었다. 나를 알아보는 이가 없고 관심 두는 이가 없으니 하루하루가 홀가분한 소풍이었다.

그러나 가장 큰 위로가 된 건 아무 때나 바다를 만날 수 있다는 것이었다. 바람 불 때나 비가 내릴 때, 아침저녁으로 만나는 바다의 표정은 매일 달랐다. 그래서 매번 같은 장소를 가더라도 지루하거나 따분하지 않았다. 어느 날엔 황혼에 물들어 가는 하늘이 아름다워 그 장면을 찍어 강원도의 오랜 벗에게 보내기도 했다. 그 친구는 해변의 낙조를 그 누구보다 사랑하는 감성을 지녔으므로 소중한 사람과 공감하고 싶었기 때문이다. 아마도 그날 보았던 그 장엄한 풍경은 내 생애의 명작으로 기억될 것이다. 이렇게 바다는 고독할 때마다 나의 말동무가 되어 주었다.

외로움과 고독은 비슷한 표현 같으나 속뜻은 좀 다르다. 외로움은 그 시간이 무료할 때 쓰는 표현이고, 고독은 그 시간을 즐길 때 쓰는 용어다. 외로움은 견디기 힘든 시간이지만 고독은 그 시간을 누리는 것이다. 사람은 때때로 고독을 느끼며 살아야 철이 들고 성숙하게 된다. 그래서 인간은 고독을 통해 침묵과 사유의 숲을 확장해 가야 할 존재라는 것이다.

나는 이곳에서 한 달 여행자가 될 수 있어서 무척 행복했다. 돌아갈 곳을 전제로 하는 여행은 휴식이 되고 추억이 될 수 있다. 길 위에서 사는 인생이 아니라면 누구나 여행의 종점은 있을 것이다. 우리는 일상으로 돌아가기 위해 이따금 여행을 감행하는지도 모른다. 여행이 목적지가 되면 그 길은 고단하고 쓸쓸하다. 여행지에서의 사연과 모험을 일상에서의 열정으로 바꾸지 못하면 그 여행은 어떤 교훈도 주지 못한다. 이러한 귀로의 기쁨을 알지 못하면 '여행 중독자'가 되어 현실에 적응 못하고 방랑자가 되기 쉽다. 거듭 말하지만, 여행이 달콤하고 특별한 건 돌아갈 곳이 있어서다. 내가 발 딛고 있는 그 터전이 행복의 장소라는 걸 잊지 말라는 것이다.

앉은 자리가 꽃자리니라
네가 시방 가시방석처럼 여기는
너의 앉은 그 자리가
바로 꽃자리니라

구상 시인이 발표했던 〈우음偶吟 2장〉이라는 시의 구절이다. 늘 탈출하고 싶고 불편하고 마음에 들지 않았던 그 자리가 알고 보면 아름다운 꽃자리다. 우리가 살아가는 길이 힘들어도 세월의 끝에 서서 보면 그때가 꽃자리였다는 것을 알게 된다. 그러므로 지금의 삶이 불만이고 시답지 않아도 앉아 있는 그 자리가 종래엔 꽃자리일 것이다. 또한 주변의 사람들은 나의 꽃자리에 초대받은 인연들이다. 나는 제주에서 이 사실을 비로소 배웠다. 이제 이곳에서 보냈던 낭만의 시간을 잊지 않고 수행 일상으로 돌아가 삶의 에너지로 전환할 것이다.

여기 제주의 나무들과 더 친숙해졌다. 담팔수와 먼나무를 구분할 수 있게 되었고, 팽나무, 녹나무, 홍가시나무, 비파나무 등도 입에 익었다. 제주는 야자나무, 소철 등이 높게 자라고 있어서 이국적이고 육지에서는 볼 수 없는 수종이 많아 늘 정다운 곳이다. 나무와 꽃이 없었다면 나의 휴가 일정이 얼마나 볼품없고 초라했을까. 그래서 이곳에서 전개되는 하루의 삶이 그지없이 고마웠다.

이곳에서 익명 생활자가 되어 지내는 일도 마음 편하고 가벼웠다. 어제는 우체국에 들러 집으로 짐을 보내고 산책길로 정비해 놓은 한담해변을 또 걸었다. 내 인생에서 이 길을 언제 이렇게 자유롭게 걸을 수 있을까 생각하니 괜스레 가슴이 찡해졌다. 오랫동안 가슴에 남을 애월읍의 작은 마을…. 이곳의 바람이 나를 다시 부를 때까지 안녕!

호우

시절

잠결에 비 내리는 소리를 들었다. 아주 오랜만에 산중에서 청아한 빗소리와 마주하고 있다. 가까운 숲에서는 물안개가 피어나 신비로운 선계를 연출한다. 제주에서 한 달 휴가를 보내고 지금은 가야산에 잠시 머무는 중이다. 해인사는 나와 이래저래 인연이 깊은 곳이다. 홍안紅顔 시절 도반들과 탁마琢磨하며 수행자의 기상을 배웠던 장소이기도 하고, 한때는 종무에 관여하면서 몇 해를 보내기도 했다. 젊은 날 해인사에서 익혔던 교의와 승행僧行은 지금까지 교화의 업으로 형성되어 모든 삶의 기초가 되고 있다. 쉽게 말해 내 수행의 본향이나 다름없는 곳. 그래서 휴식의 기회가 다가오면 꼭 한번은 가야산에서 차안소일遮眼消日하며 쉬고 싶었다.

이곳을 떠나 살게 된 세월도 벌써 몇십 년이 지났다. 산천은 의구한데 인걸은 가고 없다더니 그 광음光陰에 고인이 된 분들도 많다. 성철, 혜암, 일타, 법전, 지관 스님 등 걸출한 어른들은 이미 탑전塔殿의 주인공이 되었고, 봉주, 송월, 운범, 정원 스님 등 뒷방을 지켰던 노스님들도 더는 뵐 수 없다. 이제는 동문수학했던 선배 동료들이 뒷방 주인이 된 것을 보며 새삼 세월을 헤아려 보게 되었다. 누구든 세월에는 장사 없다. 눈빛 형형하던 그때의 벗들이 초로初老의 인생이 되었으니 세월이 참으로 속절없고 야속하기만 하다.

흰 고무신에 걸망 메고 낯선 홍류동을 찾아올 때가 엊그제 기억 같은데 하염없는 시간이 무정하게 지나갔다. 마치 한 움큼 쥐었던 모래가 손가락 사이로 빠지듯 세월이 야금야금 흘렀다. 그 시절의 정겨운 도반들은 이곳에 없지만 애잔한 추억은 남아 상념에 젖게 한다. 그러나 그만큼의 세월이 바뀌어도 가야산의 법고 소리는 여전했다. 결국 영원한 건 지금 여기와 현재의 생각뿐이다. 세월을 거슬러 살 수 없는 지금의 삶이 영원한 현재다.

시성詩聖으로 추앙받는 이태백. 그가 어느 봄날 복숭아꽃 만발한 정원에서 잔치를 베풀며 "세상은 여관과 같아서 인생은 그곳에 잠시 머무는 나그네와 같다."는 문장을 남겼다. 어차피 우리네 인생은 지구별을 여행하는 과객일 뿐이니 영원을 살 것처럼 욕심부릴 일은 아닌 것 같다. 이 세상 하직할 때 지니고 갈 것은 아무것도 없으니 서로 아웅다웅할 필요도 없는 존재.

백련사 숲길에
백발이 성성한 노승이
포행하는 것을 보아 왔는데

어느 날
숲길 계곡을 걷다
맑은 시냇물에
내 얼굴이 비치는 것을 보았다

희끗희끗한 머리카락
나도 어디쯤 왔나보다

문혜관 스님의 〈세월〉이라는 시다. 날마다 포행하던 노승의 일이 엊그제 같았는데, 자신도 그 대열에 합류할 나이가 되었다는 뜻이다. 인생의 성쇠가 이처럼 빠르다. 그렇지만 나이 들어가는 일에 슬퍼하는 기색이 아니라 몸의 변화를 차근차근 받아들이는 수행자의 풍모를 이 시에서 만나게 된다.

노인이 된다는 것은 억울하거나 서글픈 일이 아니다. 세월은 누구에게나 공평했고 친절했기 때문이다. 그 누구의 시간을 생략했거나 단축하지 않았고 하루 스물네 시간 똑같이 주어졌다. 그리고 세월은 나에게 관대했고 자주 기회를 주었다. 그 시간을 허투루 사용하거나 낭비했다면 그것은 본인의 허물일 뿐이다. 세월이 덧없이 흘러가는 게 아니라 우리가 그 세월을 덧없이 흘려보내고 있다는 말이 더 적절할 것 같다. 그러므로 유수 세월을 따라 나이 먹는 일이 반드시 나쁜 것만은 아니다. 세월이 만들어 준 멋과 지혜는 젊은이들은 결코 흉내 낼 수 없으니까.

흔히 뛰어난 사람이나 훌륭한 물건을 비유할 때 쓰는 '백미白眉'라는 단어도 노인의 흰 눈썹을 뜻한다. 즉 인생의 백미는 청춘도 중년도 아닌 노년의 기품에 있다 하겠다. 여기서의 기품은 노욕이 사라진 고요한 표정을 말한다. 나도 어느 때가 되면 세상일에 달관하여 미소가 평온한 그런 백발의 노승이 되고 싶다.

두보杜甫의 시에 '호우시절好雨時節'이라는 단어가 있는데, 오늘 내리는 비는 분명 호우好雨가 될 것이다. 좋은 비는 때를 알고 내린다는 의미다. 여름 가뭄이 심한 때에 아주 적절히 내리는 고마운 비.

해 뜨기 전에 우산을 받쳐 들고 숲길을 다녀왔다. 솔숲에 내리는 여린 빗소리가 그 어떤 음악보다 감성적으로 다가왔다. 호젓하게 즐겼던 빗속 산책. 오늘이 나에게 선물한 잔잔한 기쁨이다. 인생의 가장 좋은 한때를 보내고 있으니 지금은 나이와 상관없이 내 인생의 호우시절이다.

풀
잡는

최고의
도구는

호미

자주 오가는 벗이 혼신을 바쳐 정원 일에 몰두하는 것을 보고 "그렇게 애써 가꾸다가 눈에 밟혀 나중에 어찌 두고 떠나려 하느냐?"고 걱정을 보태 불쑥 물었다. 나는 웃으며 "지금 기쁨을 주는 건 이 일"이라 대답했다. 이런 나의 열정이 어느 때 깡그리 식을 수 있다. 그러나 꽃을 만지고 가꾸는 이 일보다 기쁨을 주는 일이 아직은 없다. 늘 나를 설레게 하고 나의 심장을 요동치게 만든다. 그러니 지치지 않고 계속 그 영역을 넓히며 일을 키우고 있다. 물론 어떤 시점에서 취미의 변화가 올는지 모르겠으나 열정과 체력이 받쳐 주는 한 꾸준히 이어질 것 같다.

오늘도 이른 저녁을 먹고 잔디를 깎고 풀을 솎았다. 우기 때엔 무슨 게릴라 작전하듯 치고 빠져야 한다. 잠시 비가 그쳤을 때 작업하다가 다시 비 내리면 철수하는 것을 반복하여야 풀 천지가 되지 않는다. 장마 끝난 뒤 몰아서 하려면 몇 배로 힘들다. 정원 관리에서 제일 무식한 행동이 '풀을 모았다가 일시에 뽑겠다.'고 호언장담하는 것이다. 모아 두면 모아둘수록 풀 종류는 다양해지고 무성해지는 습성을 모를 때 하는 말이다. 그땐 기가 질려서 철퍼덕 주저앉게 된다. 그래서 나의 소신은 '시간 될 때 조금씩'이다.

어제는 비 그친 틈을 이용하여 나의 전술을 펼쳤다. 목수국 정원에 제초 매트를 넓게 깔고 단단히 고정해 두었다. 그곳은 이틀에 걸쳐 애써 풀을 잡았는데 다시 번지는 것을 예방할 목적에서 시도해 봤다. 이제는 풀에 점점 지쳐 가는 때라 여러 방법을 강구해 보는 중이다. 나무 쪼갠 조각을 깔기도 하고 왕겨도 깔아 보면서 어느 방법이 효과적인지를 실험하고 있다.

그러나 풀 잡는 최고의 도구는 호미일 뿐 다른 기계가 대신할 수 없다. 다만 이 일엔 힘든 노동을 보태야 한다는 점이다. 호미로 풀밭을 일구어야 고랑도 가지런하고 분명하다. 그 어떤 기계를 쓴다 해도 호미만큼 마무리가 완벽하지 않다. 결국 풀 잡는 비결이나 왕도는 따로 없고 호미를 쥔 부지런한 주인장의 손에서 완성된다는 뜻. 나도 호미 날이 닳아서 몇 번이나 새것으로 바꾸었다. 여름날에 호미를 멀리하고선 밭이나 정원이나 제 할 노릇을 하기 어렵다. 그냥 두어 보라. 이건 꽃밭인지 풀밭인지 분간하지 못해 접근불가다.

옛 어른들의 말씀에 "일은 발끝이 아니라 손끝으로 하는 것"이라 했다. 그러니까 발길보다 손길이 더 요구된다는 것이다. 풀을 뽑더라도 거칠고 투박한 발끝보다는 섬세하고 부드러운 손끝으로 해야 하는 것이다. 그 현장에 수십 번 발걸음 주어도 손대지 않으면 말짱 헛일.

경남 거제도 곳곳이에서 황무지를 개간하여 수선화 정원의 명소로 만든 노부부의 이야기는 참 감동적이었다. 굽은 허리로 새벽부터 저녁까지 쉴 새 없이 그 넓은 공간을 가꾸어 동백나무, 수선화 가득한 바다정원을 만들었다. 일생을 바쳐 만들어 온 두 분의 역작이 아름다운 꽃밭이 된 것이다. 이름보다 더 빛나는 꽃밭을 후대에 남겼으니 이보다 훌륭한 업적은 없다.

나도 꽃그늘 아래에서 생을 마감한다면 그것만큼 행복한 일은 없겠다. 그것이 병원에서 맞이하는 죽음보다 훨씬 더 존엄한 작별일 것이다. 자신이 즐기는 일을 하다가 저 생으로 갈 수 있다면 그만큼 보람된 삶도 없으리라. 내 삶이 그리 대단할 건 없지만 날마다 정원 일을 통해 인격을 높이고 중생을 위해 봉사하는 삶을 소명으로 여기며 지금껏 열정을 쏟고 있다. 그러나 내가 이곳에 머무는 날까지 가꾸고 다듬으며 애쓸 뿐 더 이상의 미련이나 집착은 없다.

어느 낡은 암자에 젊은 스님이 하룻밤을 머무는데 암주庵主도 없이 텅 비어 있었고 벽은 시를 쓰다 완성하지 못한 채 바래어 있었다.

"적적한 산간의 암자
더욱이 뒤를 이을 제자 하나 없네."

여기까지 짓다가 그다음 행간을 채우지 못하고 옛 주인은 떠난 듯했다. 아마 산중 암자의 노스님이 절을 지킬 후손이 없는 것을 한탄하다가 열반한 것일까.

그 시를 읽고 젊은 스님이 글을 달아 시를 완성했다.

"하지만 바람이 절을 쓸고
달이 법당을 밝히거늘 무엇을 걱정하랴."

그날 밤 꿈에 암자를 지키던 노스님이 나타나 '고맙다'고 인사를 전했다. 절이 염려되어 산중을 떠나지 못하던 노스님의 애착을 비로소 해소해 준 것이다.

사후에 무엇을 걱정하랴. 청풍명월에 맡겨 놓으면 될 것을. 미리 그 후사를 걱정할 필요 없다. 나도 그럴 것이다. 여기에 매이면 그 노스님처럼 이곳을 떠나지 못하고 중음신이 되어 떠돌지도 모를 일. 그러므로 먼 훗날에는 다른 인연이 이 도량을 수호할 것이라 믿는다. 설령 후계가 없다 한들 무슨 걱정일까. 바람이 낙엽을 쓸어 주고 달빛이 법당을 밝혀 줄 터인데.

죽기
살기로

꽃 피운 거유

아침마다 숲이 깨어나는 시간에 일어나고, 밤에는 물 흘러가는 소리에 잠들 수 있다면 신선의 삶도 부럽지 않을 것이다. 점점 밝아 오는 창 앞에 허리를 펴고 마주 앉아 햇살 스미는 시간과 마주할 수 있으면 그 또한 방외方外의 삶이다. 매번 이런 생활이라면 어느 장소일지라도 도심道心은 저절로 형성될 것 같다. 여기의 도심이란 마음의 고요와 침묵을 이야기하는 것.
자연의 숲에 깃들여 살게 되면 세상의 시시비비에 관심 지

닐 일이 크게 없다는 뜻이다. 대자연을 만끽하면서 크게 욕심내지 않고 그저 하루하루 자족하며 마음의 평화를 유지하며 살 수 있다. 고인의 말을 빌리면 "선경은 사람에게 멀리 있지 않다." 했다. 바쁜 일 없이 마음이 한가하면 그 자리가 선경일 테니 스스로 고요와 침묵을 누릴 수 있는 곳이 최고다. 먼 곳 나설 것 없이 여기가 바로 '바람이 불어오는 곳'이 될 수 있다.

요즘 나의 일상이 이와 비슷해서 해 본 소리다. 날이 새면 새소리에 잠이 깨어 밭에 나가 일을 하다가, 해 지면 물소리를 벗 삼아 잠이 든다. 잡념이나 거추장스러운 일이 거의 없다. 땀 흘리며 일에만 집중하는 희열이 있다. 흔히 사용하는 선열禪悅이 이런 것인지 기분도 아늑하고 정결하다.

엊그제부터 메리골드 꽃밭을 정리 중이다. 봄날에 묻어 놓은 씨앗이 자라 한창 고개를 내미는 중인데 풀에 치여 꽃대가 여물지 않았다. 호미를 들고 앉아 보니 이건 꽃보다 풀이 더 많아서 진척이 크게 없었다. 넓은 밭을 다 매려면 며칠을 해도 어림없을 것 같다. 어제는 고령의 불자님이 일찍 오셔서 도와주었는데 얼마나 고맙던지. 정원 일에는 아이나 노인 할 것 없이 손 하나가 아쉽다.

뿌리가 단단한 풀을 잡아당기면 흙이 한 주먹씩 딸려 나오는데 이럴 땐 호미로 탈탈 털어 버리는 것도 요령이다. 흙을 다 털어 내고 뿌리가 하늘을 향하게 두어야 되살아나지 않는다. 그러지 않으면 비 내리고 나면 뿌리가 흙냄새를 맡고 다시 일어서기 때문이다. 그래서 나는 풀더미를 모아 두지 않는 게 원칙이다. 그날 작업한 풀더미는 치우고 연장까지 제자리에 두어야 작업 끝이다. 가끔 엉뚱한 곳에서 호미나 낫이 발견될 때도 있다. 누군가 일을 한 뒤 제자리에 두지 않아서 생긴 일이다.

오늘은 국화밭 쪽으로 연장을 옮겨 풀을 뽑았다. 메리골드 꽃밭 풀은 아직 절반이나 남았는데 며칠 계속하니까 질리기도 하고 엄두가 나지 않아서 듬성듬성한 풀부터 정리할 요량으로 덤벼든 것이다. 그곳에서 호미질 끝에 구절초가 자라는 걸 발견했다. 그제야 분홍 구절초 씨앗을 뿌린 기억이 났다. 지난해 가을 유독 내 눈에 들어왔던 분홍 색감이 예뻐서 씨를 받아 두었다가 봄에 그 씨앗을 심었더랬다. 봄 가뭄에도 죽지 않고 살아난 놈들이 참 흐뭇하고 갸륵했다. 풀의 근성도 만만치 않지만 꽃의 근성도 놀랍다는 생각이 들었다. 정말 온 힘을 다해 죽기 살기로 애쓰는 것이다.

선인장이 꽃을 피운 건
그것이 지금 죽을 지경이란 거유
살붙이래도 남겨둬야 하니까 죽기 살기로 꽃 피운 거유

박제영 시인의 〈사는 게 참, 참말로 꽃 같아야〉에서 읽은 대목이다. 선인장이 오죽했으면 거기에서 꽃을 만들었겠는가. 화초들이 꽃을 피우는 건 척박하고 모진 환경이지만 죽을힘을 다해 사는 것이다. 그러므로 한 송이의 꽃일지라도 인고와 시련의 사연을 지니고 있다고 봐야 한다. 사람이 사는 일도 이와 같지 않을까. 삶의 과정이 때때로 머리 아프고 어깨 무거워도 자식이 있어 참고 견디는 것이다. 후손을 생각하는 간절한 기도는 꽃이나 사람이나 별다를 게 없다. 엄숙한 생명의 원리를 지켜보는 사람은 자신의 처지를 살펴볼 줄 안다.

일전에 제주 체류를 오래 하면서 그곳의 정원들을 둘러볼 기회가 있었다. 마침 해인사의 도반이 방문하여 그 탐방길에 동참하게 되었다. 그이도 도심을 떠나 산중 암자에서 정원을 가꾸며 노후를 지내고 싶다고 준비 중이라 했다. 여러 곳의 정원을 관람한 뒤에 그가 남긴 소감은 '노동'이 보인다는 것이었다. 아름다운 정원이 완성되려면 시간과 세월도 필요하지만, 사람의 노동이 더 요구되는 일이므로 어쩌면 당연한 일일 수도 있다. 남의 정원을 보며 감탄하기는 쉬워도 나의 정원을 가꾸는 일은 그래서 힘든 것이다. 어떤 정원이든 나무 한 그루 돌 하나에도 주인의 노력과 정성이 깃들어 있기 마련이다. 그러나 그 '노동' 때문에 꽃을 심고 가꾸는 삶을 포기하지 말라는 당부를 그 스님에게 해 주었다.

내일은 비 소식이 있어서 반갑다. 비 오기 전에 빈 밭에 국화를 옮겨 심어 줘야 잘 적응할 텐데 아무래도 이른 저녁을 먹고 그 일을 마쳐야 할 것 같다. 모든 일엔 그 때를 놓치면 일이 꼬이고 더 힘들다는 것을 알기에 장화를 꺼내고 일할 채비를 하는 것이다. 힘은 들지만 권태롭지 않은 일상의 연속이다. 초록 머금은 정원은 어느새 오감을 흔들고 있다.

앉으면

비로소

보이는
것들

며칠째 잔디마당의 풀 뽑는 일로 시간을 보내고 있다. 오늘 아침에도 호미를 챙겨 새로 돋아난 풀을 뽑았다. 요즘 날씨에 해가 기운 뒤 산그늘 아래에서 풀을 하나하나 솎아 내고 있으면 내 마음이 아주 한적하고 편안해진다. 그 어떤 시간보다 그윽한 정신 상태가 되는 것이다. 오늘은 이만큼만 하자고 미리 눈대중으로 금을 긋지만 일하다 보면 재미가 붙어 번번이 그 경계를 넘는다. 어떤 날은 배고픈 것도 잊은 채 푹 빠질 때가 있다.

여름 절기에 풀이 우거지지 않으면 전원생활이 낭만일 수 있겠으나 잡초는 정원을 소유한 사람들의 숙명이다. 정원지기의 삶에서 풀 작업은 필수 과정인 것이다. 그렇다고 손 놓고 있을 수 없으니 수긍할 수밖에 없다. 나 또한 정원을 가꾸며 지내 온 세월의 절반은 잡초를 관리한 시간이었다. 그 사이 풀과 대적하는 나의 호미질도 많이 야물어졌다. 어쩌면 정원 관리 기술의 핵심은 풀 잡는 실력일는지도 모른다.

아마 잔디 위 잡초 선별사 대회가 있다면 나는 메달 순위에 들 것이다. 가끔 잔디마당에서 호미 들고 앉아 있으면 방문 자들이 잔디에 풀 한 포기 없는데 무엇을 하느냐고 되묻기도 한다. 과객의 눈에는 보이지 않아도, 그러나 내 눈은 피하지 못한다. 본래의 이름은 모르겠으나 잔디 속 빈틈에서 교묘한 위장술로 자라는 풀은 내공 없으면 정확히 찾지 못한다.

잔디정원을 지닌 이들은 이미 눈치챘겠지만, 이놈들을 손으로 모두 제거하기란 쉽지 않다. 약을 몇 번 살포해 보았으나 그것도 신통치 않아 틈나는 대로 뽑아낼 수밖에 없다. 한때 『멈추면 비로소 보이는 것들』이란 책이 세간의 화제였는데, 잔디마당의 풀은 '앉아야 비로소 보이는 것들'이라 할 수 있다. 잔디 틈에 은닉하기 때문에 호미를 들고 그 자리에 앉지 않으면 절대 보이지 않는다. 문득 걸음을 멈추고 고개를 낮추어야 눈에 들어오는 것이다.

이곳을 처음 방문하는 이들이 가장 감탄하는 공간은 단연 잔디마당이다. 나의 부지런한 손길이 잘 배어 있기 때문이다. 만약 잡풀이 어지럽게 웃자라 있다면 보는 이들이 높은 점수를 줄 수 없을 것이다. 그러므로 잔디마당이 제값 하려면 그날그날의 풀 작업을 내일로 미루지 말아야 한다. 다른 공간은 약간의 풀을 허용하더라도 이곳 잔디마당만큼은 공들여 관리하고 있다. 여러 풍경 가운데 녹색 잔디가 곱게 펼쳐져 있는 것보다 시선을 편안하게 하는 것도 없다.

나는 근래에 가을 석양을 잔디마당에서 즐기고 있다. 티끌한 점 없는 정갈한 마당에서 해지는 정경을 바라보고 있으면 형언할 수 없는 기쁨이 넘쳐난다. 나 혼자 이런 풍경을 보며 이렇게 행복해도 되는가 하는 물음을 던지기도 한다. 어제처럼 노을이 곱게 지는 때에 누군가가 곁에 있었다면 말없이 손을 잡아 주었을지 모르겠다. 행복을 나눌 수 있어서 고맙다고.

영국 시인 윌리엄 워즈워스는 자신이 시인으로 알려지지 않았다면 정원사로 유명해졌을 것이라고 했다. 그만큼 정원에 대한 해박한 지식과 사랑이 깊었다. 그는 "잔디보다 더 푸른 것은 천국뿐이다."라고 말했는데 아주 마음에 드는 표현이다. 실제로 잔디 공간의 아름다움은 천국의 모습과 연결해도 될 정도로 매력이 있다. 정말로 조경의 완성은 잔디라 해도 과언 아니다. 잔디만 잘 다듬고 가꾸어 놓아도 정원의 풍경이 확 살아나기 때문이다. 여름날 잔디를 정성 들여 깎고 아침을 맞이하면 얼마나 차분하고 상쾌한지 모른다. 잔디마당이 시시하고 단조로운 것 같지만 일 년 내내 새로운 풍경을 연출하는 것만은 사실이다. 13세기를 살았던 사디(이란의 수피 시인)는 자신의 정원에 대해 다음과 같이 예찬했다.

"만약 지구상에 파라다이스가 존재한다면 그곳은 여기, 여기, 여기에 있다."

정원을 가꾸며 사는 이들이라면 자신의 공간이 모두 천국이며 정토일 것이다. 나는 푸른 잔디마당에 설 때마다 이 말에 동의하게 된다. 이보다 좋은 세계가 어디 있을까. 여기는 내가 설계하고 내가 건설하는 지상 극락이다.

서양에서는 정원사를 종종 화가와 비교하기도 한다. 화가가 붓과 물감을 들고 화폭에 자신의 꿈을 그리는 사람이라면, 정원사는 호미와 삽을 들고 땅 위에 자신의 꿈을 만들어 가는 사람이라는 것이다. 인상주의 화가 클로드 모네 역시 식물에 빠져 직접 자신의 정원에 꽃과 나무를 심고 그걸 즐겨 그린 화가로 알려져 있다. 이 외에도 영국 동화작가 베아트릭스 포터가 만들어 놓은 오백만 평의 정원 역시 지금까지 최고의 명소로 꼽히고 있다. 예술 분야뿐 아니라 토머스 제퍼슨과 윈스턴 처칠은 은퇴 후 정원사의 길을 걸었던 대표적 정치인들이다.

그러니까 정원 가꾸는 일은 그 어떤 직종과 상관없이 사랑할 수 있는 일이며, 전문가가 아니라도 자기만의 비밀공간을 꾸밀 수 있다는 뜻이다. 꽃을 가까이 두는 일은 지금껏 내가 즐겼던 취미 중에 가장 오래 관심을 가지는 일인데 아마 잔디마당이 없었다면 이렇게 최선을 다하지 않았을 것이다. 나만의 생각일지 몰라도 정원 미학의 완결은 잔디마당이다.

구월
국화는

구월에

피더라

설렁설렁 가을바람이 불어오니 뒷산에서 툭툭 알밤 떨어지
는 소리가 들린다. 조금 전까지 인기척이 있었는데 밖을 내다
보니 가방만 내려놓고 숲으로 갔는지 보이지 않는다. 아마 일
식경이 지나면 사람들마다 주머니에 밤톨 한 주먹씩 담아 내
려올 것이다.
또 언제 이런 동화 같은 시간이 주어질까 싶다. 내 주위로 구
절초가 바람에 춤추고 있고 새들도 맑은 음성으로 노래하고
있다. 이렇게 완벽한 날씨를 만나는 일은 가을 중에 몇 날 되

지 않는다. 바람도 잔잔하고 햇살도 순한 볕을 내주고 있는 날. 먼지 하나 날리지 않는 고요한 뜨락은 그 자체가 침묵이다. 이 태고太古의 적요 속에 내가 존재하고 있으니 그 어느 때보다 내 삶은 윤기 있고 축촉하다. 더 바랄 것도 더 모자랄 것도 없는 평화다. 이런 시간은 누구에게 허락받지 않고 나 스스로 자유로울 권리가 있다. 이런 가을 아침은 그 무엇과도 바꾸고 싶지 않다.

인생의 대업은 나에게 허락된 그 한때를 최대한으로 살아가는 것이다. 그때그때 의미를 부여하고 보람을 느끼면서 그 순간을 받아들이는 것이 삶의 기술이다. 늘 청춘과 열망의 때만 있는 게 아니다. 그래서 지금의 상황이 현재의 자신에게 주어진 한때라는 걸 인정할 때 어떠한 삶이든 즐길 수 있으리라. 오직 지금의 한때를 명료하게 들여다보는 것이 가장 빛나는 인생이다.

별빛도 달빛도 공짜이고
공기와 햇살도 무료이다.
꽃길과 숲길도 그냥 주어진 것이고
구름과 바람도 가격을 치르지 않은 것.
이 세상 모든 풍경은 사계절의 선물인데
날마다 무엇을 더 구하리.

내 일기의 한 부분이다. 이 외의 것을 탐내는 마음은 욕심의 범주일 것이다. 그래서 나는 이 가을 아침이 매우 만족스럽다. 내일은 기후가 어찌 변할지 모른다. 오늘은 고요하나 내일은 바람 불고 찬 기운이 스며들지 알 수 없다. 그러니 온전히 지금 시간에 집중하는 것이다. 바람이 어디서 불어와 어디로 사라질까. 온 곳도 간 곳도 없다. 다만 느끼고 있는 나 자신만 존재할 뿐이다. 부질없는 일에 너무 집착해서는 안 될 일. 살아 보면 아무것도 아닌 일에 언성을 높이고 따지기도 한다. 그러나 내 뜻이 틀릴 수도 있고 남의 생각이 옳을 수도 있는 게 사바 세상이다. 인연과 조건 따라 적용될 뿐 본래 완벽한 답이 없는 것이다. 우리가 잘나면 얼마나 잘났고 못났으면 얼마나 못났을까. 나이 들어 가면서 웬만한 일 앞에서는 '그러려니' 하고 넘어가는 일이 많다. 어차피 돌아누우면 빈손인 걸 알알이 따져 무엇하랴. 이런들 어떠하리 저런들 어떠하리. 둥글둥글 순리대로 살아가는 것도 현명하다.

가을날마다 서산대사로 잘 알려진 청허清虛의 선시 중에서 다음의 구절을 즐겨 외운다.

어떤 것이 불법(진리)인가 묻는다면
구월의 국화는 구월에 핀다 말하리라.

구월 국화가 삼월에 핀다면 세상 이치가 아니기에 진리는 이치를 벗어나 존재하지 않는다. 결국 불법도 특별한 것이 아니라 순리를 볼 줄 아는 지혜이고 그것에 순응하는 깊은 통찰 같은 것이다.

그림 감상법에 '독화讀畫'라는 것이 있단다. 그림은 보는 것이 아니라 그 뜻을 읽는 것. 그래서 문명과 언어가 달라도 그림은 누구나 읽어 낼 수 있는 것이다. 이와 같이 자연의 뜻을 읽을 줄 알아야 그것은 가르침이 되고 법문이 될 수 있다. 자연은 우리에게 늘 무상을 설파하고 있다. 그 때를 알고 나아가고 물러날 때를 알아야 거듭날 수 있다는 걸 알려 주고 있다.

가을은 이렇게 마음이 착해지고 넓어지게 만드는 묘한 매력이 있나 보다. 옹졸하고 치사했던 마음도 슬쩍 돌아봐지고 이웃들과 다투거나 싫은 소리도 하고 싶지 않다. 어느 지인은 가을엔 부부싸움도 겨울로 미룬다고 하더라. 화내고 찡그리는 일이 이 계절에는 모두 소모적인 행동이다. 이런저런 이유를 달지 않아도 가을은 그냥 좋다.

달   빛

공양

쉬 잠이 오지 않아 마당을 서성이며 바깥바람을 쐬고 들어왔다. 무수히 돋아난 별과 휘영청 밝은 달을 벗하며 문득 밤하늘에 별과 달이 없다면 얼마나 막막하고 아득할까 싶었다. 산사의 뜰은 달빛에 젖어 곤히 잠들어 있었다. 가을 달은 높고 쓸쓸하며 겨울 달은 낮게 뜨고 차갑게 느껴진다 했으나 내 주변에 인적 없어도 적적하지 않다. 이런 날은 달빛을 친구 삼아 소곤소곤 문답을 즐기기 때문이다.

수덕사 금선대에 '청풍오백간주인淸風五百間主人'이라는 편액이

걸려 있다. '청풍과 오백 간(우주)의 주인은 누구인가.'라고 묻는 것이다. 맑은 바람과 교교한 달빛은 주인이 따로 없다. 내가 지금 즐기면 그 주인공은 바로 나.

중국 쑤저우의 고전 명소 졸정원拙政園에 갔더니 '여수동좌헌 與誰同坐軒'이란 건물이 있어서 반가웠다. 소동파의 '여수동좌與 誰同坐 명월청풍아明月淸風我'라는 시에서 따온 이름이다. '누구와 더불어 앉을 것인가? 밝은 달, 맑은 바람, 그리고 나'라는 뜻이다. 나도 시절 인연이 다가오면 늘그막에 초암草庵을 짓고 저 이름을 현관에 달고 싶다. 산중 암자에 사람 그림자 없어도 명월청풍과 더불어 앉아 있으면 적막하지도, 고독하지도 않을 테니까.

마조 선사가 달빛에 취하여 제자들에게 화두를 던져 공부를 시험해 본 일이 있다. 이른바 '마조가 달빛을 감상하다'의 〈마조완월馬祖玩月〉이다.

"이렇게 달 밝은 밤에 무엇을 하면 가장 좋겠는가?"

서당지장은 "공양을 하는 것이 가장 좋겠습니다."

백장회해는 "수행하는 것이 가장 좋겠습니다."라고 했다.

이를 듣던 남전보원은 한마디 없이 소매를 뿌리치고 쌩 하고 가 버렸다.

서당지장, 백장회해, 남전보원은 자타가 공인하는 마조의 특출한 제자들이었다. 과연 누가 이긴 게임이고 누가 제대로 답을 한 것일까.

마조선사가 말했다.

"경經은 서당에게로 들어가고, 선禪은 백장에게로 돌아가고, 오직 남전만이 경계에서 벗어났구나."

그렇다면 남전 선사는 왜 한마디도 말하지 않았을까. 달빛은 그 자체로 완벽한 것이어서 그 어떤 언어를 동원하더라도 단정할 수 없기에 쌩 하고 나가 버린 것이다. 아마도 스승은 세 사람의 답에 모두 흡족했을지 모르겠다. 수학의 정답은 하나이겠으나 인생 문답의 정답은 뭐라 규정할 수 없기 때문이다. 나는 문학적 묘사라 그런지 몰라도 '달빛 공양'이란 표현을 구사했던 서당 선사가 가장 마음에 든다. 어쨌거나 참다운 본성은 휘영청 달빛이라 할지라도 매이거나 구속되지 않음을 가르치려 했을 것이다.

비디오 아트의 창시자 백남준은 '달은 가장 오래된 텔레비전'이라 했다. 달빛이 만드는 세상 풍경은 무궁무진하기도 하지만 다채롭기도 하다. 텔레비전보다 더 신기한 요술상자다.

그저께 메밀밭에서 보낸 달빛 산책이 잊히지 않는다. 산허리의 메밀밭에 온통 꽃이 피었는데 멀리서 보면 싸락눈이 내린 듯 은백색이었다. 그 위로 달빛이 조명을 비추면 정말 환상적인 풍경이 완성된다. 달빛 아래 흰 메밀꽃 바다가 펼쳐지는 것이다. 이효석의 『메밀꽃 필 무렵』 소설 속에서는 "흐뭇

한 달빛에 숨이 막힐 지경이다."라고 표현하고 있는데 그 이상의 서술은 불가능하다. 달빛과 메밀꽃의 서정은 너무나 신비로워 '기막힌 밤'을 연출하고 있었다. 모든 등불을 다 끄고 밤이 이슥할 때까지 달빛에 젖다가 돌아왔다.

차호명월성삼우 且呼明月成三友
호공매화주일산 好共梅花住一山
가끔 밝은 달을 불러 세 벗을 삼고
매화와 더불어 한 산에 머물기를 좋아한다.

추사가 즐겨 휘호했던 구절은 이런 밤에 딱 어울린다. 여기의 '삼우三友'는 나와 청풍과 명월이다. 청풍명월을 벗 삼아 즐기는 달빛 산책에 매화가 피었다면 아주 몽환적일 것이다. 역시 명월과 매화는 궁합이 잘 맞는 조합이다. 명월을 배경으로 피어야 매화는 더 고고할 수 있다.

가을 달빛 아래에서 이래저래 사유의 조각들을 모아 보았다. 우리가 백 년을 산다 해도 저 달빛을 몇 번이나 볼 수 있을지. 인생은 유한하니 달빛 산책도 무한히 보장된 것이 아니다. 심청가 판소리 중에 〈추월만정秋月滿庭〉이란 제목이 있던데 참 그윽한 표현이 아닐 수 없다. 오늘 밤이 꼭 그런 날이다. 방금 앞뜰 아래까지 달빛이 성큼 내려와 앉았다.

겨울은

기다림의　　　계절
　　　　　　　이다

요 며칠은 봄 날씨처럼 포근했다. 음지에 쌓여 있던 눈더미도
사라졌고 작은 연못의 얼음도 다 녹았다. 지난 한파에 주렁
주렁 매달렸던 고드름 풍경도 없어졌다. 어제는 법당 지붕의
잔설이 미끄럼타듯 와르르 쏟아지는 바람에 숲속의 새들이
깜짝 놀라 일제히 날아올랐다. 연일 날이 풀어져 꽃들이 때
를 모르고 깨어났을까 봐 매화나무 주변을 살피고 왔다. 다
행히 꽃망울이 눈을 뜨지 않고 고개를 갸우뚱거리며 동태를
보는 듯했다. 아마 이런 날씨가 더 이어지면 저도 이른 봄이

온 줄 알고 일어날 것 같으나 아직은 음력으로 섣달이다. 정월 명절이 오기 전에 한파나 폭설이 또 언제 몰아칠지 모른다. 겨울 추위가 아직 끝날 때가 아니란 뜻이다.

마당의 눈이 녹고 나니 여기저기에서 낙엽들이 보였다. 눈보라 칠 때 숲에서 날아든 것인데 그동안 눈 속에 숨어 보이지 않던 것들이다. 오전 내내 싸리비로 말끔히 쓸었더니 내 마음도 산뜻해졌다. 겨울이라 하여 치우고 닦을 게 어찌 없으랴.

몇 년 전 이맘때 오대산에 들렀다가 근처 사찰을 방문할 기회가 있었는데, 산중에 자리했음에도 어느 곳이든 티끌 한 점 없었다. 마당은 골고루 비질이 되어 있었고 정원도 낙엽 없이 잘 다듬어져 있었다. 매일매일 관심과 손길이 미치지 않고서는 그토록 완벽한 정리가 될 리 없다. 비로소 안과 밖이 투명한 산사의 겨울과 마주한 것이다. 고요하고 평화로운 사찰은 겨울에도 잘 손질되어 있어야 한다는 걸 그때 배웠다.

봄날이 화사하게 화장한 얼굴이라면, 겨울은 화장기 없는 순수한 얼굴이라 할 수 있다. 가타부타할 것 없는 본래면목이 드러나는 때가 바로 겨울이다. 그러므로 겨울 풍경이 잘 연출될 때 진정한 민낯의 미인이 되는 것이다. 봄이 되면 여기저기 꽃이 만발하므로 어느 곳이든 화창하고 눈부시다. 그러나 겨울은 꽃이 지고 수목의 맨살이 훤히 보이는 계절이기에 단순하고 허허로울 수 있다. 그래서 겨울 정원을 잘 가꾸어야 진짜 아름다운 정원이라는 말이 생겼다.

흔히 정원은 가을까지만 공들이는 공간이라 생각한다. 그러나 잘 정돈된 겨울 정원은 그 자체가 조경이며 작품이다. 겨울이라 해서 정원을 어수선하게 방치하거나 제때 할 일을 미루어 둔다면 속살을 관리하지 않는 것이라 할 수 있다. 이러므로 겨울 정원이 단정해야 사계절 아름다운 집이다.

겨울일지라도 사람 사는 둘레가 어지럽고 고요하지 못하면 다소 을씨년스럽다는 표현이 맞을 것이다. 겨울 풍경이 평화로운 집을 보면 은근 호감이 간다. 그리고 그 집에 사는 사람의 인품 같은 것을 헤아리게 된다. 계절과 상관없이 늘 정돈 상태를 유지하는 것, 그것은 그 어떤 재주보다 뛰어난 일급 솜씨다. 겨울까지 번잡한 흔적이 그대로 남아 있다면 그 정원은 그다지 정감이 안 간다.

내 기준에서는 꽃만 잘 키웠다고 명품 정원이라 말하지 않는다. 치울 때 치우고 놓을 때 놓으면서 맑은 공간을 지니게 하는 것, 그 또한 정원사의 영역이다. 자신이 생활하는 그 언저리를 깨끗이 하며 마음을 순화하는 일도 일상의 수행이라 할 수 있다. 한때 불교의 지성들이 모여 '맑고 향기롭게' 운동을 전개한 것도 이와 다르지 않다. 공간을 맑게 하면 삶 또한 향기로울 테니까.

문득 내 삶을 녹슬지 않게 받쳐 주는 맑은 복은 어떤 게 있을

까 헤아려 보았다. 어느 스님은 '말벗이 될 수 있는 몇 권의 책'
과 '일손을 기다리는 채소밭'이라 말했던데 나는 '잘 정돈된
겨울 마당을 바라보는 일'을 순위에 넣을 것이다. 겨울의 묘미
는 넉넉한 여백을 발견하고 음미하는 일이다. 단순하고 절제
된 공간과 마주하면 침묵이 왜 명상이 되는지를 알게 된다.
한동안 무성했던 잎과 열매를 말끔히 떨쳐 버린 겨울 숲을
보고 있으면 지나가는 시간도 아깝지 않다. 신록이 새롭게
번지는 초여름 숲도 좋지만 하늘 아래 우뚝 서 있는 겨울나
무의 당당한 기상에는 미칠 수 없다. 아무 생각 없이 무심히
바라보는 즐거움도 있다. 때로는 오후의 창을 열면 산천의 맑
은 정기가 내 영혼에 스며드는 것 같다. 알싸하게 뺨을 스치
는 찬 기운이 혼탁한 내 정신을 일깨우는 것이다.
어느 정원지기는 겨울의 1월 한 달은 아무 일도 할 수 없어 더
길게 느껴진다 했다. 봄이 오려면 여기도 더 기다려야 하는데
나 역시 호미를 들고 싶어 몸이 근질근질하다. 햇살 좋은 오후
에는 아직 때가 아닌데도 생명의 약동을 보기 위해 괜스레 정
원을 둘러보게 된다. 그러나 겨울은 기다림의 시간을 배우는
계절. 잠시 쉬어 가라고 자연이 우리에게 주는 휴식일 것이다.
딱히 성급할 일도 아니다. 겨울을 건너뛰고 되는 일은 없으니
그 과정을 응시하며 한 걸음 한 걸음 나아가면 될 일이다. 여
기의 겨울 정원은 봄의 축제를 위해 잠시 침묵하는 중이다.

내
평생

무슨 살림
있겠나

오전부터 진눈깨비가 내렸다. 춘설은 이를 두고 하는 말이겠
다. 봄을 예고하는 편편설이다.

　모든 일 잊고 진종일 앉았으니
　하늘에서 꽃비가 내리네
　내 평생 무슨 살림 있겠나
　벽에 걸린 표주박 하나뿐일세.

조선 후기의 인물인 대흥사 함월해원涵月海源 선사의 게송이

다. 단 한 개의 표주박마저 거추장스러워 벽에 걸어 놓고 앉아 있는 사람. 자유인이란 이런 걸 두고 하는 말이다. 선사는 "가장 행복한 삶은 어떻게 사는 것이냐?"는 질문에 위와 같은 답을 주셨다. 살림살이가 단출 소박할수록 삶도 거추장스럽지 않고 홀가분하다는 뜻. 그 일상이 매우 단순하고 소소하기에 삶이 더 청아했을 것으로 짐작된다. 적게 지닐수록 걱정도 적다. 행복하지 못한 이유는 많이 지니고 싶은 마음 때문이 아닐까.

무엇을 책임지고 사는 일도 때론 번거롭다. 그래서 평생 소임(주지)을 마다하고 운수雲水처럼 한곳에 오래 머물지 않은 수행승도 있다. 오늘은 모든 일 내려놓고 진종일 앉아 있고 싶었다. 그러나 나의 살림살이는 너무 분주하고 벅차다. 이런 날 방문자의 발길이 더 많으니 문 닫고 쉴 수가 없다. 옛 어른들의 청정살림이 부럽다. 벽에 걸린 표주박 하나면 될 것을, 왜 나는 단조롭지 못하고 다단하게 살고 있는지 모르겠다. 이런 날 하루쯤은 밥때도 거르고 눈꽃을 바라보며 안한자적을 즐기고 싶다.

크게 지니면 그만큼 의무도 따르고 문제도 생긴다. 때때로 머리 무거운 일도 일어나고 시비에 말릴 때도 있다. 젊은 날엔 이런 과정도 역동성 있게 받아들이고 수행의 실험으로 여겼으나 이제는 좀 멀찍이 떨어져 지냈으면 좋겠다. 나는 고독이 무서워 혼자 못 살 것이라 말하는 이도 있다. 인정하지 않는 바는 아니지만 일과 인연에 부대끼면 은둔하고 싶은 마음 간절하다. 진정한 휴식은 사람 없는 곳에서 보내야 한다는 말도 있듯 사람 속에서 교화하는 일은 인욕의 길.

"호랑이는 줄무늬가 밖에 있지만 사람의 줄무늬는 안에 있다."는 말은 라다크의 속담이다. 그만큼 사람 속은 알 수 없다는 것이다. 열 길 물속보다 더 탐험하기 힘든 게 사람의 심리다. 종종 사람에게 험한 소리를 들어 마음 다칠 때는 그냥 산중 초막에 몸을 숨기고픈 심정이다. 그곳엔 사람의 그림자가 적을 것이기 때문이다.

꽃과 나무가 나를 붙들지 않았으면 진즉 이곳을 떠나 심산深山 독거를 선택했을지 모른다. 나는 아직도 꿈 하나를 지니고 산다. 이미 글을 통해 밝혔지만 홀로 수행할 수졸암守拙庵 시절을 기다리며 지내고 있다. 물론 나이 더 들어 은퇴하고 지낼 가상의 공간이지만 그런 날을 떠올리면 숨 쉬어진다. 과밀한 도시와 복잡한 인간사를 떠나 내 몫의 한끼만 먹으며 걱정 줄이고 싶은 생각이 이럴 땐 더욱 오롯해진다.

우리 속담에 속이 썩어야 바가지가 된다는 말이 있다. 늦게 달린 박을 일찍 달린 박처럼 만드는 비법은 진흙 속에 박을 묻어 두었다가 바가지를 만드는 것이다. 박 속이 썩으면서 박 껍질이 튼튼하게 형성된다. 사람도 속이 좀 썩어야 야무지고 단단해진다. 그래서 어려운 일이 생겼을 때 감내하지 않고 곧잘 짜증을 내는 사람을 '생속을 가진 사람'이라 불렀다. 썩지 않고 덜 익었다는 뜻이다. 생속을 가진 사람은 단단하지 못해 외부의 충격을 흡수하거나 견뎌 내는 힘이 아무래도 약할 것이다.

사람은 어려운 일을 통해 교훈을 얻는다. 그러나 이긴 게임을 통해서 배우는 일은 좀처럼 없다. 또한 인생의 길은 어떤 식으로든 자신이 원하지 않는 장면과 마주칠 수 있다. 그래서 불편한 상황일지라도 인정하고 수용하는 태도가 불교적 수행일 것이다. 인생의 계절이 늘 고요할 수 없다는 것으로써 위로 삼는다.

사람에게 속상할 때 다음의 세 가지를 떠올리며 명상한다.

첫째, 원래 인간은 남을 헐뜯는 것을 좋아한다.
둘째, 모두에게 칭찬받으려 하지 말자.
셋째, 욕을 들어도 먹지는 말자.

남이 잘되면 시샘하는 것은 당연한 심리이므로 인정하고 넘어가야 한다. 또한 모두에게 칭찬받으려 하니까 늘 바쁘고 피곤하다. 그러므로 너무 완벽할 필요 없다. 조금 허술하고 부족하게 사는 게 정신 건강에 이롭다. 또한 사람들 속에서

살다 보면 본의 아니게 욕을 들을 수 있다. 이때 욕먹지 말자
는 뜻은, 귀에 담지 말고 흘려보내라는 의미. 마음에 고여 있
으면 두고두고 상처가 되고 아픔이 되니까 판단 중지. 어느
때 그 욕이 내뱉은 자에게 다시 돌아갈지 모른다.

나의 이런 푸념을 듣기라도 한 걸까. 그새 진눈깨비는 설국
의 함박눈으로 바뀌었다.

독락의 시간

이렇게 한번하고 손재을 떠나는 일은

가슴에 별로 되지 않는다.

바람도 잔잔하고 햇살도 좋고 별을 내리고 있는날.

편지 하나 늦게 않는 고요한 만남을 그치게 칭찬이다.

이 때년本方의 침묵들에 네가 잔재하고 있으나

그 어느 때보다 내 삶을 윤기 있고 충족하다.

현진

정원 가꾸기의 즐거움

봄
꽃에게

인사
하시길

우리 정원에 해야 할 계획을 적어 놓은 일기장이 따로 있다. 그 목록에는 경계석 만들기, 목수국 정원 만들기, 밭둑길 쉼터 조성하기, 맷돌 석탑 쌓기 등 봄날의 과제들을 적어 놓았다. 그리고 '시 읽는 정원'도 구상했는데, 이를테면 꽃과 나무를 예찬한 글을 새겨 한곳에 모아 놓는 형식이다. 이 생각이 현실로 실행되려면 시간이 더 필요하겠지만 어떤 식으로든 만들기는 할 것이다.

일기장에 써 놓은 이러한 몇 가지 계획을 실천하느라 바쁜 나날을 보내고 있다. 국화밭 경계석을 정비하는 김에 수도 배관을 묻어 밭 중간중간마다 급수대를 만들었다. 농작물에 물을 줄 때마다 물통으로 길어다 주는 일이 성가시고 힘들었는데 이제 일품을 좀 줄이게 되었다. 이런 시설 덕분에 올해부터는 상추밭, 고추밭에 물을 흠뻑 줄 수 있을 것 같다.

그리고 작업자들이 있을 때 무너진 축대와 고장 난 화장실 등을 수리했다. 늘 손보고 고쳐도 매년 보강할 일이 생긴다. 사소한 불편이라도 제때 손대지 않으면 나중에는 큰일이 되는 경우가 많다. 미루고 외면하다가 호미로 막을 일을 가래로 막는 수가 있다. 아주 급한 사항만 아니라면 봄날에 몰아서 이런 일들을 마무리하기에 이맘때가 되면 늘 이런저런 공사로 분주하다.

어제와 오늘은 목수국을 들여와서 밭둑길에 심었다. 가까운 세종시 전의면의 농장에 부탁하여 한 트럭 싣고 왔다. 아마도 꽃이 피면 멋진 장관을 연출할 것으로 기대된다. 이곳의 기후는 일반 수국을 키우기에 적당하지 않아 겨울엔 노지 월동이 난감하다. 이에 비해 목수국은 강한 추위에도 꽃눈이 얼지 않고 잘 견디는 수종이다. 제주도나 남도 지방에서 흔히 볼 수 있는 분홍이나 보라색 수국은 여기에서는 기후가 맞지 않아 그림의 떡이다. 그나마 목수국으로 그 풍경을 대신하며 위로받을 수밖에 없다.

초여름에 목수국이 한가득 피어 있으면 정원의 한몫을 단단히 하리라 믿는다. 지난해 몇 군데 심었는데 경관이 그런대로 산사와 잘 어울려서 올해는 목돈을 들여 군락을 만든 것이다. 이번 봄부터는 이놈들 들여다보는 재미로 시간이 지루하지 않게 되었다. 새 식구를 데려와서 우리 땅에 적응할 때까지 눈여겨봐 주는 즐거움도 전원생활의 기쁨이다.

세상에는 '불한당'들이 많다. '아니 불不, 땀 한汗, 무리 당黨'이니까 땀 흘리지 않고 남의 것을 차지하려는 고약한 사람들을 두고 하는 말이다. 정당하게 노력하고 그 대가를 바라야 하는데 그저 공짜로 뭔가를 이루려는 사람들을 지칭한다. 그러나 정원 일은 땀 흘리지 않고는 올바르게 가꾸어지지 않는다. 손길 가는 만큼 보답하는 것이므로 꽃을 사랑하는 일엔 불한당 정신이 통하지 않는 것이다.

오늘은 초하루 불공이 있는 날이었는데 바람도 없고 날씨도 따뜻했다. 때마침 미선나무 꽃이 피어서 도량이 등불을 켜놓은 듯 환하다. 죽은 듯 침묵했던 나무에 꽃눈이 열리고 꽃송이가 달리는 것을 보면 그 경이에 저절로 감탄사를 연발하게 된다. 시간의 강을 건너 봄날에 재회하는 꽃들이 그래서 더 반갑고 아름답다.

저 아래 밭 언덕에 능수벚나무를 또 심었다. 근교의 스님이 두고 간 신춘 선물이다. 매년 능수벚나무를 심었는데 뜻밖의 선물에 봄맞이 기념식수를 한 셈이 되었다. 이같이 우리 정원엔 크고 작은 나무들이 각자의 사연을 지닌 채 나이를 보태며 자라고 있다. 이런 나무들은 내가 이곳에 없어도 이 도량의 역사를 이어 갈 주인들이다. 훗날 관리자가 바뀌어 무참히 베어 내지 않는다면 오늘의 인연을 오래도록 기억해 줄 벗들이다.

매화나무 아래에서 이렇게 물었다.

"매화꽃이 다 피면 모두 몇 송이나 될까요?"

선뜻 대답을 못하기에 내가 말했다.

"만 개입니다."

그러고 보니 이곳저곳에서 꽃이 만개했다. 올핸 유독 산수유의 색감이 선명하여 봄날의 수채화를 그려 놓았다. 이렇듯 온 도량이 봄기운으로 넘쳐나고 있다. 어디에서나 봄을 맞이할 수 있으나 이왕이면 나의 정원에서 봄을 마중하고 싶다.

일지함장춘 一枝含藏春
일화일세계 一花一世界
가지마다 봄을 달고 있으니
꽃 한 송이마다 하나의 세계가 있네.

친구 스님의 화첩에서 읽은 글귀다. 꽃송이를 밀착하여 관찰

해 보면 하나의 우주를 함축하고 있는 것처럼 신비롭다. 오
로지 자신만의 세계를 은밀히 보여 주고 있는 것 같다. 꽃과
마주한다는 것은 광활한 우주 속을 감상하는 것과 다르지
않다. 그러니 어찌 찬란하고 숭고하지 않을 수 있겠는가. 지
금 내 뜰은 청아한 봄빛으로 가득하다. 나의 인생에서 다시
만난 봄, 꽃들에게 인사하고 오래오래 눈길 주어 봄.

생각은

묵히고

익혀야 한다

며칠 내내 틈만 나면 작은 정원 만드는 일에 매달렸다. 혼자
서 돌을 나르고 흙을 옮기며 즐겁게 작업했다. 손가락에 피
멍이 들고 어깨 통증이 수반되어도 군소리 없이 현장으로 나
갔다. 아무래도 나는 흙을 만지고 돌 놓는 일을 무척 즐기는
체질인가 보다. 그 일에 집중하고 있으면 그렇게 차분해질 수
없다. 여느 때와 달리 감각의 선율이 명료해지는 것이다.
이 일을 진행하는 동안 우리 도량에 벚꽃이 활짝 피었다. 봄
꽃 아래에서 흙을 고르며 생명의 기운을 듬뿍 담았다. 땅은

생명의 모성이다. 땅이 살아 있으므로 생명의 씨앗을 품으며 새싹을 틔우는 것이다. 그러므로 보슬보슬해진 봄날의 흙과 마주하면 대지의 파동을 온몸으로 받아들이는 것과 진배없다. 연둣빛 물감이 산과 들녘을 물들이는 때가 되면 내 마음도 덩달아 싱그러워진다.

매년 봄맞이를 핑계 삼아 도량 정비를 조금씩 해 왔다. 반드시 벚꽃 피기 전에 마무리하는 것이 나의 원칙인데 올해는 공사 기간이 늘어져 좀 늦게 마무리했다. 언제나 맑은 기운과 정갈한 조건에서 꽃구경을 하고 싶어서 꽃 피기 전에 일을 서두르는 것이다.

올봄에는 잔디마당 디딤돌 교체하는 일로 분주했다. 작업자와 장비를 동원하여 기존의 돌을 걷어 내고 새로운 돌로 단장했다. 보완할 점이 있거나 눈에 거슬리면 언젠가는 손을 보게 되어 있다. 표면이 반질반질해서 누군가 미끄러져 다칠까 봐 늘 조바심 났는데 미루었던 숙원을 해결한 셈이다. 새 디딤돌 작업을 끝내면서 기존에 사용했던 돌을 어찌 활용할까 고민하다가 공양간 주변 바닥석으로 사용하기로 했다. 이래서 돌은 버릴 게 하나도 없다. 제각기 쓰임새가 따로 있는 것이다. 그 덕분에 이제는 비 오는 날일지라도 진탕 흙을 밟지 않고 공양간을 출입할 수 있게 되었다.

그런데 이번 작업을 끝냈는데도 예상치 못한 흙과 돌이 남았다. 처음엔 아래 밭으로 실어 낼까 하다가 일단 공양간 옆에 모아 두었다. 내일 다시 그 일을 할지라도 오늘의 작업 현장은 그날로 정리하는 성미인데 이번에는 공사가 끝났어도 흙과 돌을 치우지 않고 쌓아 둔 채 그 용도를 두고 이런저런 구상을 여러 날 했다. 흙이 있는 자리에 야트막한 꽃밭을 만들고 남은 돌로 경계석 삼을까 싶다가도, 전체를 화단으로 하기엔 다소 단조롭다는 생각이 들었다.

그러다가 그곳은 온종일 그늘이 지는 장소이기에 쉼터 정원을 꾸미면 적합할 것 같다는 생각을 했다. 이때부터 누구의 손길을 빌리지 않고 시간 날 때마다 조금씩 흙을 고르고 돌을 놓으며 완성해 갔다. 이러한 나의 노동 덕분에 애당초 계획에 없던 정원이 탄생했다. 쓸모없고 구석졌던 장소가 환한 곳으로 바뀌면서 사람들의 관심을 받게 되고 발길이 이어졌다. 이게 정원의 긍정적 효과다.

골목의 공터에 꽃을 심었더니 쓰레기 무단 투기가 사라졌다는 신문 기사를 읽은 적 있다. 비록 자투리 공간일지라도 꽃 앞에서는 사람들의 양심이 스르르 열리는 것이다. 생활 주변이 녹색지대로 바뀌면 그 공간이 쾌적하고 밝은 장소가 된다. 이 효과를 알기에 시인 에머슨은 "지구는 꽃을 보며 웃는다."고 말했을 테다. 온 세상이 꽃밭이 되었을 때 지구는 병들지 않고 오래 신음하지 않을 것이다.

이런 작업을 하면서 '생각이나 일은 묵히고 익혀야 실수도 적다.'는 공식을 떠올렸다. 만약 성급하게 후딱 밀어붙였다면 내 맘에 들지 않는 졸작이 되었을지 모른다. 이제는 다양한 각도에서 이리 보고 저리 보며 생각을 거듭한다. 뭐든 서둘게 되면 놓치는 부분이나 보지 못했던 빈틈이 생길 수 있다. 그 어떤 일을 계획하더라도 신중하게 실행하는 것이 그 사람의 혜안이며 경륜일 것이다.

이번 봄날에 손수 조성한 정원은 평소보다 생각을 오래 묵히고 다듬은 덕분에 제법 마음에 든다. 기록 사진을 보니까 꽃을 심고 완성하기까지 열흘 정도 매달린 것 같다. 작은 정원이지만 기념표석 하나를 세우고 싶었다. 지인들에게 공모한 결과 '마야사의 열두 해, 소담정원에 담다'가 선정되었고 뜻깊은 날을 잡아 푯말에 적을 예정이다.

이웃집 할머니가 해바라기 씨앗을 두고 갔다. 지난가을 그 앞을 지나며 꽃에 관심을 주었더니 잊지 않고 가져왔다. 어느 공간에 심을까 여러 날 고민 중이다. 햇살도 좋고 풍경도 되는 곳을 찾고 있다. 작은 것일지라도 선뜻 만들어지는 공간은 이곳에선 용납 안 되는 일이다.

우雨
타打
파芭
초蕉

책을 보다가 눈이 침침할 땐 어김없이 푸른 숲을 바라본다.
이내 피곤했던 눈이 회복되는데 녹색의 효능이 이런 것이다.
어디서나 푸른 숲과 마주할 수 있는 행복한 시대를 살고 있
다. 더군다나 사계절을 경험할 수 있는 이런 산천을 가졌으니
축복받은 민족이다. 현대과학이 크게 발전했지만 아직은 사
람이 살 수 있는 별 하나를 찾지 못했다. 그러므로 우리가 기
대어 사는 지구별은 어쩌면 완벽한 녹색 신전일지 모른다. 강
과 바다가 있고 풀과 나무가 호흡하고 있기 때문이다.

나무가 자라면 숲[林]이 되고 숲이 형성되면 삼림[森]이 된다. 흔히 육림이란 표현을 쓰는 것처럼 숲은 보호하고 관리해야 하는 대상이다. 어느 날 숲이 사라진다면 이 지구는 사람도 살 수 없는 황무지가 될 것이다. 그러므로 숲의 은총에 감사하려면 일평생 나무 백 그루 이상은 심어야 그 은덕에 보답할 수 있다.

중국 속담에 "나무 심기에 가장 좋은 때는 20년 전이다. 그다음으로 좋은 때는 지금이다."라는 말이 있다. 미리 20년 전에 심었더라면 좋았겠지만 지금도 늦지 않다. 왜냐하면 20년 후엔 더 늦었다고 후회할 수 있으니까. 올해도 측백나무 여러 그루와 겹벚나무를 심었다. 풀만 가득하던 쑥대밭이 차츰 숲으로 변모하고 있다. 빈 땅에 어린나무를 심어 베어 내지만 않는다면 어느 한구석에서 지구를 푸르게 푸르게 할 것이라 믿는다.

숲과 정원을 천천히 음미하며 삶을 사유하는 걸 『상춘곡』에서 '소요음영逍遙吟詠'이라 적었다. 이런 전통을 선비 사회에서는 '미음완보微吟緩步'라 했는데 자연과의 대화를 추구하며 자신만의 이상향을 구현하려는 태도였다. 옛글에 나타나는 '성시산림城市山林'이나 '세외도원世外桃原'의 표현들이 이러한 정신의 반영이라 볼 수 있다. 즉 자연과 교감하고 내면을 바라보는 심미적 과정이 숲속 산책이라는 것이다.

풍경을 감상하는 방법은 일상의 소란을 잠시 내려놓고 느린 걸음을 걸을 때 가능하다. 책 중에 가장 좋은 책은 산책이라 했다. 천천히 걸어야 자세히 보고 느낄 수 있는 것이다. 어떤 이가 "스님, 이 나무가 여기 있었어요?" 하고 물어볼 때가 있다. 처음부터 그 자리에 있었는데 그동안 관심 두지 않고 지나쳤으므로 눈에 들어오지 않았을 뿐이다. 다시 말해 느린 걸음으로 자세히 보지 않았다는 뜻이다.

정원을 감상한다는 것은 정원주의 의도를 읽는 것인데, 예를 든다면 이런 것이다. 중국 원림은 '우타파초雨打芭蕉'의 원칙으로 설계한다. 파초 잎에 떨어지는 빗소리를 감상하기 위해 파초를 뜰 정원에 심는다는 것. 우리나라 사찰의 정원에도 이를 적용하여 식목한 경우가 많다. 여기에 선종 사찰은 파초 잎에 담긴 구도 정신을 더 높이 평가했다. 중국 선종사의 2대조 혜가 선사가 진리를 갈구하며 달마 대사에게 팔을 잘라 파초 잎으로 감싸 바쳤기에 구법의 상징 식물이 되었다.

일본의 경우 일정한 거리를 두고 고요히 앉아 정원을 바라보는데 정적이 감도는 이런 정원을 '액자 정원'이라 한다. 툇마루에 앉아 관찰하도록 설계한 교토 료안지 석정石庭 같은 공간이 대표적이다. 주변에 담을 둘러 의도적으로 보여 줄 부분만 관람자에게 허용하는 것이다. 그래서 일본 정원은 감상 경로를 두는데 방문자들을 위해 '순로順路'라 적혀 있다. 이른

바 감상 코스를 미리 설정해 두는 셈이다.

우리 한국 정원은 자연에 융화되어 언제 어디서나 보아도 무방한 시점을 보여 주는 방식이다. 다시 말해 주변 자연과 어울리는 경관을 연출한다는 점이다. 곡선 길, 계곡, 바위 등 자연과 동화되는 조경 양식을 보여 준다. 일본과 달리 인공수형 만드는 것을 삼갔다.

이러한 정원 설계자의 의도를 잘 읽고 둘러보면 흥미롭다. 제주도 갈 때마다 자주 방문하는 곳이 노리매 정원이다. 돌담 따라 이어지는 곡선 길 좌우로 수령 높은 매화를 심고 지형 따라 숲을 조성해 놓았는데 한국 정원의 양식을 시대에 맞게 재현하고 있다. 지난봄 매화 피는 시기를 놓쳐 초여름에 방문하였다가 이번엔 수국의 매력에 흠뻑 젖어 돌아왔다. 내년 봄엔 그 시기를 적어 두었다가 만발한 매화를 꼭 관람하고 올 것이다.

아무래도 나의 취향은 일본식 정원을 눈여겨보는 것 같다. 일본 정원이 표출하고 있는 여백, 비대칭성, 섬세함이 나에게 슬며시 영감을 주었을 것이다. 그래서 다른 도심보다 유독 교토를 사랑하고 그곳 골목을 기웃거리며 정원 둘러보기를 즐기고 있으니 말이다. 내 인생 어느 시점에서 늘 꿈꾸어 오던 교토 한달살이를 반드시 감행할 것이다. 그만큼 나는 그곳을 동경하고 좋아한다.

"위대한 달인은 마치 기술이 없는 것처럼 보인다."

이 말은 일본의 정원 이론으로서 유명 학자 젯카이 츄신[絶海中津]의 말이다. 겉보기엔 수월해 보이나 알고 보면 절제되고 생략된 기술이 스며 있는 것이다. 진짜 고수는 일필휘지로 표현하나 오히려 기술을 부린 흔적이 없다는 것이다. 미묘한 암시만 할 뿐 상세한 설명은 없다. 새가 허공을 날아도 자취를 남기지 않는 솜씨랄까.

내가 이 경지까지 도달하려면 까마득한 먼 길이다. 그렇지만 나 나름의 기준으로 정원을 손보며 시간을 보내고 있다. 이번 봄에는 회양목을 더 심어 구획을 정확히 나누고, 어지럽게 놓여 있는 마당의 디딤돌도 간결하게 손볼 생각이다.

여기를 방문하는 사람들이 이곳에서 분주히 흘러온 시간을 잠시 돌아보길 원한다. "연못을 파 놓으면 개구리는 자연히 모여든다."라는 속담이 있다. 꽃과 나무를 가꾸어 맑은 공간으로 만들어 놓으면 사람들이 저절로 다녀가기 마련이다. 연못을 먼저 만들어라. 그게 경전 강독보다 앞서는 나의 포교론이다.

내
인생의

花일라이트!

방금까지 이슬비 맞으며 밭에서 일하다 들어왔다. 새벽에 일어났을 때 엷은 빗소리가 들려 반가웠다. 얼마나 기다린 비 소식이었는지 모른다. 옳다구나 싶어 다른 일은 작파하고 미루어 두었던 대파 모종을 서둘러 심고 왔다. 거의 한 달여 땅이 말라 호미도 잘 들어가지 않는 상황이라 비 오는 날만을 손꼽아 고대했다. 목이 타면서도 간신히 생명을 유지하던 들깨 모종도 이제야 힘을 받게 생겼다. 비가 내리지 않는 동안 매일 화분과 수목에 '물 공양' 하느라 조석으로 바빴다.

올봄에 목수국을 수백 그루 구해 와 심었다. 별안간 국화밭을 갈아엎고 그곳에 목수국을 심으니까 무슨 변덕이 나서 저러나 싶었을 것이다. 국화는 진딧물에도 약하고 장마철에 꽃대가 잘 영글지 않아 도저히 재배를 감당할 수 없어 이번에 정원 주제를 바꾸었다. 이렇게 몇 번의 시행착오를 거쳐야 정원의 풍경이 제대로 자리 잡으며 완성되는 것 같다.

오늘의 비는 우리 정원의 생명에겐 모처럼의 단비였을 것이다. 새로 심은 수국들도 잎이 하나둘 시들다가 단비가 내려 겨우 위기를 넘겼다. 가뭄 기간에 그들은 내가 공급하는 물 한 모금으로 거의 한 달을 버텨 왔다. 식물들의 생존전략을 보면서 안타깝고 놀라웠다. 수분이 부족하면 아랫부분의 잎부터 희생시키고 윗부분의 꽃봉오리를 최대한 보호하더라. 수분을 한곳으로 모아 기어이 꽃을 피우려는 모성 본능이 애처롭게 느껴졌다.

올해는 비닐하우스까지 만들어 일이 더 많아졌다. 밖에 비가 아무리 많이 내려도 하우스 안에는 물을 대 주어야 한다는 것을 이번에 알았다. 그곳에 고추, 토마토, 가지, 오이, 바질 등을 심었는데 비가 오나 날이 맑으나 매일 물을 주어야 하는 수고가 있다. 그렇지만 그 안에서 자란 상추는 여리고 고소하다. 비닐하우스 입구에 블루베리를 심어 놓고 오며 가며 따 먹는다. 때로 힘에 부치더라도 농사짓는 재미가 이런 것이다.

옛글에 '신개장포일삼과新開場圃日三過'라는 표현이 있다. 새로 일군 텃밭을 날마다 세 번 돌아본다는 뜻. 먼 시대 사람들도 텃밭을 일구고 하루에 몇 번씩 그 근처를 가 보며 돌보았을 것이다. 어디 하루 세 번뿐일까. 물 주고 김매고 약 치며 뒷손 질해 주어야 그 맛을 음미할 수 있다. 농작물은 주인의 발소리를 듣고 자란다는 말이 딱 맞다.

아무튼 여름날엔 아침부터 저녁까지 밭일과 정원 일로 정신이 없다. 이른 새벽부터 장화를 신고 호미를 들고 사는데도 하루가 모자란다. 예초기를 메고 여러 날 주변 풀을 잡았지만 아직도 절 입구 길섶의 풀은 웃자라고 있다. 이번 비 그치고 나면 그것도 잘라 줄 것이다. 그나마 이제까지는 땅이 메말라 있어서 풀의 세력이 느릿했으나 비 내리고 나면 쑥쑥 힘을 받기 때문에 이제부턴 빈틈없는 일과를 짜야 한다.

그래도 텃밭과 정원이 있어서 근면하고 성실해진 것은 감사한 일이다. 그러지 않았으면 더위를 핑계 삼아 마냥 게으름을 피우고 있었을 것이다. 철학자 쇼펜하우어는 정원 돌보는 일을 예술의 순위 중 그리 높게 평가하지 않았다는데 지금 시대는 그 가치가 달라지고 있다. 그가 "매일 늦게 일어나서 아침을 낭비하지 말라."는 말을 했는데 내 귀에 번쩍 들어왔다. 나도 아침을 그렇게 낭비하고 있었구나, 하는 자성이었는지 모르겠다. 요즘엔 좀 더 일찍 일어나서 한낮보다 더 많은 일을 하고 있다. 해가 중천에 있을 때 밭으로 나간다면 그건 형편없는 농부.

미국 역사상 매우 위대한 대통령 가운데 한 사람으로 손꼽는 토머스 제퍼슨은 '천국이란 채소를 내다 팔 수 있는 시장이 가까이 있는 곳, 그곳 정원에서 나이를 잊은 정원사가 흙을 일구는 곳'이라 정의했다. 그의 명언이 여럿이지만 이 말이 가장 감미롭다. 그렇다면 작은 텃밭이라도 옆에 둘 수 있다면 하루하루가 천국에서 보내는 삶일 것이다.

토머스 제퍼슨은 여러 분야에서 탁월한 업적을 남겼으나 무엇보다 정원사이기를 바랐던 인물이다. 그가 살았던 버지니아의 몬티첼로에는 그가 직접 설계한 정원이 있는데 그곳 뜰에 각국에서 가져온 나무와 꽃들을 심었다고 한다. 그는 식물들의 성장 과정과 생태적 변화 등을 『가든 북』이라는 책에 기록으로 남겼으며 정치뿐 아니라 미국의 건축과 정원 문화에 끼친 영향이 크다. 이 사람이 그런 삶을 살 수 있었던 것은 틈날 때마다 정원을 가꾸며 자연에 깃들여 살았기에 가능했다고 생각한다. 반려 식물과 더불어 사색하며 성찰하는 삶은 늘 생명에 대한 환희와 감사가 받치고 있기 때문이다.

요 며칠 배롱나무 꽃이 자신의 때를 기다리고 있다. 이 나무는 올 봄날에 고인이 되신 우암동의 원로 불자가 오래전에 심은 것이다. 사람은 떠나도 나무는 남아 그이의 공덕을 기억해 주고 있다. 그분은 이번 여름에도 저 꽃 아래에서 사진 찍기로 약속했는데 그 일을 지키지 못했다. 내일의 약속이란 백 퍼센트 보장되는 것은 아니다. 그러기에 오늘 이행해야 할 약속을 내일로 미루면 안 될 것이다.

지금 꽃을 보고 있는 현재가 내 인생의 절정이다. 그래서 어제는 붓을 들어 "지금이 내 인생의 花(화)일라이트!"라 적어 정원에 세웠다. 그 때는 지금일 뿐 미래의 다른 때가 아니다.

나의

절을

받을
만하다

저 멀리 산골 암자에서 반석 두어 개를 조경석으로 사용할 것을 부탁하며 실어다 주었다. 여긴 돌이 귀한 땅이라 조경용으로 쓸 만한 돌이 없어 늘 아쉬웠는데 고마운 일이 아닐 수 없다. 큰 바윗돌을 병풍 삼아 고즈넉이 자리 잡은 그 암자를 방문할 때마다 두고두고 부러워했다. 그곳은 따로 조경석을 들일 필요가 없는 자연식 정원이었다.

중국, 일본, 우리 민족은 정원에 바위 놓길 즐겨 했다. 다양한 조형물을 배치하는 유럽과 달리 우리의 독특한 정원 문화다. 자연 일부를 내 정원의 소품으로 연출하려는 의도에서 비롯되었을 것인데 지금도 암석정원을 가꾸며 돌을 아끼는 수집가들이 많다. 나도 멋진 돌을 보면 우리 정원에 싣고 올 만큼 탐을 내기도 하지만 내 분수엔 언감생심이다.

송나라 때 명필가로 이름 높았던 미불米芾 선생은 기암괴석 수집하기를 좋아하여 그의 처소에는 바위들이 꽤 많았다 전해진다. 그의 바위 사랑이 얼마나 지극했는가 하면, 매일 아침 아끼는 바위 앞에 서서 "이 돌은 나의 절을 받을 만하다."며 절하고 '형님'이라 존칭했단다. 익히 알려진 '미원장배석米元章拜石'이다. 그 시대 사람들은 기행이라며 실소했다지만 무수한 세월을 견뎌 온 바위이기에 의관을 갖추고 존경의 예를 올린 것이다.

일본은 정원석을 놓기 위해 먼 거리에서 채취하여 운반하여야 했으므로 막대한 자금이 오고 갔다. 그 유행이 지나쳐 당시 정부는 칙령을 내려 거래 금액을 제한하기까지 했단다. 교토 금각사의 수직으로 솟아 있는 바윗돌은 너무 거대해서 그것을 운반하는 데 열일곱 마리의 황소가 필요했을 정도였다. 또한 동복사에는 에도시대 때 그 지방 영주가 기부했다는 '유애석遺愛石'이 남아 있다. 애당초 영주가 쌀 오백 석 시주를 제안했으나 그 호의를 사양하여 귀한 돌로 대신했다는 내력을 지녔다. 그때 쌀을 덥석 받았다면 대중들의 허기는 면

할 수 있었겠으나 오래도록 사랑받는 보물은 보유할 수 없었을 것이다. 어쨌거나 희귀한 자연석 하나만 잘 앉아 있어도 정원의 품격은 달라지게 마련이다.

여기엔 코끼리 모양의 자연석이 있어서 그나마 볼거리가 된다. 본래는 다른 곳에 놓여 있던 돌이었는데 달리 보니 앉아 있는 아기코끼리 형상이었다. 어느 날 장비를 들여 위치를 옮겨 바르게 세워 보았는데 코끼리와 더 흡사했다. 보는 이의 시선에 따라 돌 모양은 이렇게 달리 해석되는 것이다. 그 돌은 오랜 세월 나를 기다린 것일까. 나와의 인연으로 비로소 근사한 대접을 받으며 경배의 대상이 되었으니까 우리 절 이름과도 무관치 않다.

불교 성도들이 불모佛母라 칭하는 마야 왕비는 늦은 나이에 흰 코끼리 꿈을 꾸고서 왕자를 얻었다. 더군다나 이곳은 마야 왕비의 이름을 가진 절이니 코끼리 바위가 있다는 건 교리적으로도 일치한다. 그래서 그 돌 앞에 안내판을 만들고 "코끼리는 부처님 어머니 마야왕후가 태몽으로 꾼 뒤 부처님이 세상에 태어나셨으므로 불교를 상징하는 동물이 되었습니다. 합장 예배한 후 마음의 평화와 가정의 안녕을 기원해 보십시오."라는 문구를 적었다.

우리 도량엔 이렇게 돌 하나일지라도 애정과 사연이 담겨 있다. 그러나 아무리 탐나는 돌일지라도 사랑이 지나치면 비율이 무너진다. 돌의 위세에 사람 신세가 위축되어 기를 펴지 못할 수 있다. 미의 활용은 비례를 벗어나면 기형이 되기 쉽다. 풍수에서도 너무 많은 공간을 돌이 차지하면 음기를 불러 오히려 흉하다 했다. 어떤 것이든 한쪽으로 지나치면 조화와 균형을 이루기 어렵다. 정원 기술에서도 절제의 미덕이 적용되어야 할 것이다.

흔히 정원 예술에서 자연미와 인공미의 황금비율을 7 대 3으로 말한다. 이 비율이 가장 균형감 있고 적당하다는 것이다. 그러나 나는 좀 더 욕심을 내면 6 대 4 정도로 말하는데 일본의 정원들이 이러하다. 방문자들을 편안하게 만드는 공간 분할은 아무래도 여백의 미학이 충만해야 한다. 그것이 선사상의 공간적 구현이기 때문이다.

나는 이번 봄날에 몇 가지 작업을 했다. 우선 잔디 영역을 좀 줄이고자 구석진 곳은 판석으로 그 자리를 바꾸었다. 그늘진 곳은 잔디 발육이 어설퍼 풀 세력만 왕성해서 오래전 계획한 것을 이제야 실행한 것이다. 그리고 기존의 매끄러운 디딤돌을 빼내고 일정한 크기의 화강암으로 교체하여 이동 동선을 여러 개에서 한 줄만 강조했다. 공간을 단순화하고 확 트인 여백을 연출하기 위해서다.

주제를 벗어난 말이 길어졌으나 정원석은 그 공간의 이목이 될 수 있기에 그 비율이 무너지면 오히려 전체가 망가질 수 있다. 마구 욕심을 부려 지형이나 주변을 고려하지 않고 숫자를 채우거나 높이기만 하여 산만해진 경우를 많이 보아 왔다. 괴석, 환석, 입석, 횡석 등 다양한 모양이 있지만 나는 평평한 반석이 좋다. 그 널찍하고 넉넉한 품성에 마음이 저절로 편안해지는 효과가 있다.

지난겨울에 장비를 동원하여 화단 경계석을 재배치하는 일도 했다. 질서 없이 배열된 형태가 마음에 들지 않아 몇 번 고심하다가 한가한 시기에 단행한 것이다. 이 일은 나만 알 뿐 아무도 눈치채지 못하는 작업이다. 그러나 내 눈에 거슬리면 언젠가는 손을 보아야 하기에 크게 표시 없는 일이지만 다시 공을 들인 것이다. "신의 솜씨는 디테일에 있다."는 말처럼 하나의 돌이라도 어긋나면 다시 고쳐야 완벽에 가까운 정원이 될 수 있다.

그냥
되는 것은

없
다

초여름의 나무 그늘에서 정원사 할머니 타샤 튜더의 글을 읽다가 피식 웃음이 나왔다. 그도 정원 이야기를 꺼내면 겸손할 수가 없어서 정신나간 사람처럼 뽐낸다는 것이다. 아무리나이 많은 정원사라도 정원 자랑하는 건 어쩔 수 없었구나하는 생각이 들었다.

나도 정원을 안내할 때는 저절로 목청 높아지는데 그 심정과다를 바 없었다. 시대와 노소를 불문하고 어디서나 뽐내고싶은 게 자신의 정원인가 보다. 하긴, 정원 대담은 종일 떠들어도 지치거나 지겹지 않다. 적어도 정원을 주제로 토론하는 자리에선 신이 나서 겸손할 수가 없는 것이다.

어디서나 누구나 자기식대로 정원을 가꾸며 즐기는 시대다. 자기만의 천국을 건설하는 재미가 쏠쏠한 분야다. 그래서 타샤 튜더도 전문가의 도움을 사양했다고 한다. 스스로 무슨 꽃을 좋아하는지, 무엇을 원하는지 잘 알기 때문이다. 내가 관심 없는데 남의 권유로 심었다가 실패하거나 낭패를 본 경우가 많다. 그래서 오로지 나만의 스타일로 가꾸어야 하나밖에 없는 유일한 낙원이 될 수 있다.

그런데 정원 돌보기는 애당초 끝도 없고 끝나지도 않는다. 시시때때로 할 일이 주인을 기다리고 있다. 생명이 넘쳐나는 정원에서는 호미부터 톱까지 다양한 도구들이 계절마다 필요하다. 작은 땅이라도 자신의 정원을 지녀 보면 주인의 발길이 무척 많이 가는 일이란 걸 터득하게 된다. 직접 가꾸지 않으면 알 수 없는 과정들을 손수 경험하게 되는 것이다.

지난주에는 키 큰 사철나무와 박태기나무 전지를 해 주었다. 물론 이 일은 전문가를 시켜 자르게 했지만 잔가지 치우는 일은 내 몫이다. 전지 마친 나무들은 마치 이발 끝낸 남성처럼 늠름하고 단정하여 눈길을 여러 번 보내게 된다. 그 맛에 시간을 들여 단장하는 것이다. 그저 만들어지는 정원은 없다. 사랑의 연주가 깃들어야 가능하다. 이러기에 제프 콕스는

"정원은 사랑의 노래이자 인간과 자연의 이중창"이라 말했을
것이다.

우리 정원도 수시로 관리해 주지 않았다면 순식간에 밀림이
되었을 것이다. 어느 사찰이 그랬다. 그 땅을 매입했던 노스
님이 입적하고 절 관리가 소홀해지니까 3년이 지났을 즈음
어디가 어딘지 구분이 안 될 정도로 쑥대밭이 되어 있었다.
계단은 수풀에 덮이고 보행로는 넝쿨성 식물이 자리 잡았다.
그러니까 정원의 뜨락은 그 주인의 성실한 땀으로 보전되는
것이다. 사람의 손길이 멈추면 정원도 무질서하게 교란되고
만다.

수행 길의 벗들과 제주 여행을 하다가 입장료를 치르고 개
인 정원을 방문한 적이 있다. 동료 한 명이 입장료가 비싸다
며 투덜대기도 하여 "커피 한 잔보다 더 가치 있는 게 정원
감상"이라 했다. 멋진 전망을 즐기며 마시는 커피값은 아끼지
않으면서 주인의 공력이 배어 있는 정원을 무료로 감상한다
는 것은 어불성설. 자신의 비밀공간을 개방하는 것으로도 감
사하게 여겨야 옳다. 주인이 정원에서 보내는 노동의 가치를
단순히 돈으로만 따질 수 없는 일이다.

가끔 여기 정원을 다녀가시는 분들이 음료를 이용하면서 값
을 논하는 경우가 있다. 그러나 그들은 아침부터 밤까지 노력
하는 나의 시간과 정성은 포함하지 않는 것이다. '특허권'에

대해서는 그 대가를 치르면서도 '노력권'은 왜 인정하지 않는지 그 심보가 고약할 때가 많다. 넓은 정원을 가꾸고 관리하는 비용까지 계산하면 다른 공간보다 더 높은 요금을 내야 할 것인데도 종교 영역이라 하여 무조건 염가를 요구하는 것은 상식적이지 않다.

중국 윈난성 차마고도를 다녀오느라 며칠 절을 비웠더니 할 일이 많이 밀렸다. 돌아오자마자 비닐하우스 식구들부터 살피고 여러 꽃들에게 안부 인사를 건넸다. 여행 떠나기 전에 심은 홍도화는 이미 잎이 축 처져 있어 급하게 물을 대긴 했지만 살아남을지 모르겠다. 주인이 집을 떠나 있으면 이렇게 표시가 나고 놓치는 부분들이 있다. 그래도 내 집에서 내 식구(꽃과 나무)들을 만나니 새삼 반갑고 감격스러웠다.

리장 거리에서 '춘풍십리불여과견이春風十里不如過見你'라는 글귀를 만났다. 춘풍 십 리가 당신을 보는 것만 못하다는 뜻. 꽃바람이 십 리 길을 이어진다 한들 그리운 사람을 보지 못한다면 그 봄날은 의미 없을 것이다. 그렇다면 춘풍 꽃길을 좋은 사람과 함께 걷는다면 더할 나위 없을 것이다.

그곳 사람들도 집마다 꽃을 가꾸며 생활의 멋을 즐기고 있었다. 부겐빌리아 가득 핀 그 오래된 골목들은 시간이 지나도 기억날 것 같다. 그 장면은 지금도 생생하게 내 가슴에서 출렁거린다. 건물만 덜렁 남아 있었다면 그다지 마음을 끌지 못했을 것이다. 그것이 꽃이 주는 강렬한 인상이다.

선서화로 유명한 석정 스님은 인장으로 '삼락자三樂子'를 즐겨 사용하셨다. 어떤 세 가지를 즐겨 하셨을까? 수행자의 삶을 즐거워하셨고, 머리 깎는 걸 즐거워하셨고, 국수 잡수시는 걸 즐거워하셨단다. 나는 그 세 가지에 꽃 즐기는 것을 추가하고 싶다. 그래서 나중에 백발 성성한 노인이 되었을 때 나 스스로 '화옹花翁'이라 부르며 꽃그늘에서 조용히 늙어 가고 싶다.

꽃이나
대신

만나고
가소서

오전 일찍 작업자들과 함께 요사채 앞 보도블록을 파헤치
고 재시공하는 작업을 했다. 세월이 흐르는 동안 바닥 수평
이 무너져 물이 고이기 시작하여 이번 기회에 손을 봐준 것
이다. 초파일 행사 전에도 도량 정비하는 일을 수없이 했는데
또 일이 밀려 있다. 이번 주 안에 고장 난 싱크대를 수리 교
환하기로 했고 하수구 역류하는 원인도 파악해야 한다. 이렇
게 도량을 관리하는 주지 업무는 끝도 없고 무척 다양하다.
자잘한 문제부터 텃밭 가꾸기까지 이 일 저 일 따지지 말아야 일등 주지. 그야말로 생존형 실무자가 되어야 시간과 비용이 단축된다.

큰 절이나 작은 절이나 주지의 덕목 1호는 '주住' 자처럼 절을 지키며 잘 머물러야 한다. 자꾸 절을 비우면 신도 상담과 도량 관리 등 제반 업무에 빈틈이 생길 수밖에 없으므로 모범 주지라 할 수 없다. 무엇보다 도량 곳곳에 풀이라도 자라고 낙엽이 쌓여 있다면 그다지 달갑지 않다. 사람 없는 빈 절처럼 쓸쓸하고 적막하다. 비록 외출하고 절을 비웠다 할지라도 비질의 흔적이라도 남아 있어야 훈기 있고 다정하다.

우리 정원에 '제가 없더라도 금방 발길 돌리지 말고 꽃이나 대신 만나고 가시기를'이라는 안내문을 적어 놓았다. 여기저기 꽃을 많이 심어 놓았으니까 주인이 없을지라도 천천히 구경하고 가라는 의미다. 주인이 자리를 일시 비웠더라도 꽃밭이 가지런히 정리되어 있다면, 손님은 그 꽃 앞에서 실망하지 않고 위로받으며 돌아갈 것이다. 주인을 굳이 대면하지 않더라도 안부를 전하고 기쁨 한 아름 가져갈 것이기 때문이다.

"빈승의 관리학은 대웅전과 노동 울력에 있다." 이 말씀은 대만 불광산사 성운 노사의 법문집에 실려 있다. 수도자로서의 수행철학과 건강 법칙이 함축되어 있다는 생각이 들었다. 대웅전의 의미는 예불과 신심을 표현한 것이고, 노동 울력은 근면과 성실을 뜻하는 것일 테다. 출가자로서 법당 출입은 당연한 의무이고, 아울러 노동 울력도 관리자로서 지켜야 할 책임이다. 하루 예불, 하루 울력을 **빼먹으면** 부처님 밥을 공짜로 축낸 것이니 부끄러운 일이다.

수행 길의 오랜 벗 관암 스님이 주지의 3대 의무에 대해 말한 적이 있는데, 첫째, 도량과 동고동락, 둘째, 신도들과 동고동락, 셋째, 자신의 몸과 동고동락하라는 것이다. 이러한 동고동락 정신이 아니라면 주지 임무를 원만히 완수하기 힘들다. 나는 도량과 동고동락한다는 말에 공감했다. 경내는 그 주인(소임자)의 얼굴이다. 그 표정이 도량 곳곳에 스미게 마련이므로 내 몸 관리하듯 알뜰히 살피며 관찰해야 옳은 것이다. 처음 들르는 절일지라도 마당이 정갈하면 그곳 주지의 신상이 궁금하여 기웃하지만, 형편없이 어지럽다면 일부러라도 만남을 피하는 편이다. 굳이 대면하지 않더라도 마당의 표정을 통해 나와 결이 다르다는 걸 읽었기 때문이다. 나 또한 도량의 표정 관리를 위해 동분서주한다지만 혹평 듣지 않기를 바라는 마음이다.

어제는 철제 손수레를 화분으로 만들었다. 그 수레는 나와 12년 동안 동고동락했던 물건이다. 그야말로 내 전원생활의 역사이며 주역이었는데 이젠 녹슬고 망가져서 퇴역 신고를 한 것이다. 그 세월 동안 숱한 돌을 실어 나르고 흙을 담으며 참 많은 일을 도왔다. 이리저리 부서진 낡은 수레에 부드러운 흙을 채우면서 '지금껏 나와 고생 많았다. 이제부터는 아름다운 꽃을 안고 쉬고 있길.' 하며 격려해 주었다. 그곳에 노루오줌, 버베나, 사계 국화, 샐비어 등을 심고 푯말에 그 공덕을 기록했다. "마야정원 12년의 큰 공덕주功德主, 손수레가 은퇴하고 이제 돌과 풀 대신 꽃을 실었다." 이렇게 수레 하나에도 나의 표정을 담은 것이다.

며칠 후면 절을 여러 날 비울 일이 있어 그날이 오기 전에 더 부지런히 도량 정리를 할 생각이다. 먼 길 다녀오기 전에 미리 치워야 찾아올 손님에 대한 환영 인사가 될 수 있다. 여기에 내가 없더라도 집안 꼴을 보고 타박하는 이들이 없어야 할 텐데, 은근히 염려스럽다.

돈이　　　나와,

밥이
나와?

*

"돈이 나오냐, 밥이 나오냐?"

정원에 꽃을 심고 매일 호미질하는 것을 보고서 이웃집 할머니가 했던 말이다. 텃밭을 만들어 상추나 고추 등 작물을 길러도 될 텐데 허구한 날 꽃과 나무만 심으니까 답답하여 그리 말했을 것이다. 할머니가 보기엔 밥이 나오거나 돈이 되는 것도 아닌데 땀을 쏟고 있으니 그럴 만하다. 평생 농사만 지으며 살았던 시절은 생산물이 최고의 가치였을 것이다. 그러나 지금은 부가가치의 시대. 때로는 취미와 소질이 돈을 주기도 하고 밥을 주기도 한다. 잘 가꾼 정원이 몇천 평 농사보다 높은 수익을 창출해 주는 시대로 변모했다. 생의 보람과 의미를 물질로 환산하는 것이 꼭 옳지는 않지만 내가 좋아서 즐기는 건 손해 보더라도 남는 장사다.

*

"그러다 생전 풀밭에서 못 나와!"
딸이 꽃 심을 거라며 땅을 매입했다는 소식을 듣고 친정어머니가 했던 말이란다. 그러나 어머니의 걱정과 달리 풀밭에서 전원생활하는 재미가 짭짤한 것을 어찌하랴. 땅을 가까이하며 식물을 살피는 일은 풀과 함께 보내는 시간이기에 그런 노동은 감수해야 한다. 풀이 나지 않는 땅에는 농사도 지을 수 없다는 걸 알아야 한다. 풀 뽑는 과정도 꽃을 사랑하는 일이다.

*

"요즘엔 돌아서면 풀이에요."
"그럼 돌아서지 마세요."
여름날 할머니와 나눈 대화. 이래서 또 웃었다.
저들의 세력이 거대하고 무서워서 그들의 생명력을 통제할 재간이 없다. 어느새 담장 너머 옆 마당까지 제 영역을 확보하고 있다. 이렇게 강하고 몰입하는 생의 의지는 참 놀랍다. 이놈들 때문에 정말 여름날엔 돌아설 새도 없다.

*

"100살 먹어도 꽃은 좋아!"
구순이 넘은 할머니가 꽃을 심으며 했던 말. 꽃을 좋아하는 심성은 나이 들어도 결코 늙거나 시들지 않는다. 92세의 최고령 독자가 다녀가셨다. 여기 정원이 보고 싶어서 딸과 함께 방문했다. 그분의 집은 경북 문경인데 보조 지팡이에 의지하여 오신 것이다. 꽃을 보고 표정이 환히 달라지는 것을 보며 꽃을 아끼는 마음은 세월이 쌓일수록 더 깊어진다는 걸 알았다.

*

"너희들은 손에 흙 묻히지 말고 편히 살아라."
어느 친정어머니가 임종을 앞두고 딸들에게 부탁했던 말. 그러나 딸들은 이 부탁을 지키지 못하고 어머니의 꽃밭을 가꾸고 있다. 봄날 어머니가 심어 놓은 백일홍 꽃이 활짝 핀 것을 보며 딸들은 그 앞에서 울었다. 어머니는 안 계셔도 꽃을 자신들에게 남겨 놓았다며 노모의 사랑을 추억했다. 그리고 딸들은 여름이 지나서야 알았다. 그동안 어머니가 얼마나 부지런히 풀을 매고 꽃을 가꾸었는지를. 자식들에게 정갈하고 풍성한 꽃밭을 보여 주려고 애썼던 어머니. 그 어머니가 계실 땐 늘 깨끗하여 풀이 뭔지도 몰랐다.

*

"여기는 꽃이 달력입니다."

간간이 밭일을 도와주고 있는 백白 선생이 우리 정원의 사계절을 경험하고 나서 나에게 했던 말이다. 꽃밭의 풍경만 보아도 어떤 계절을 맞이하고 있는지 알 수 있으니까 달력을 펼쳐 볼 필요가 없겠다. 매달 다른 꽃이 피고 지는 정원은 숫자 없는 달력이다.

*

"이 꽃 이름이 마가렛이지?"

"아니야, 데이지야."

풀 매고 있는 내 주변을 걸으며 방문객이 나눈 대화. 그 꽃이 마가렛이면 어떻고 데이지면 어때. 꽃에 관심을 두는 그 심성이 더 좋다. 세상에서 가장 아름다운 대화는 꽃과 나무를 이야기하는 것이다. 그 어떤 수다보다 시끄럽지 않다.

잔디
정원

이틀에 걸쳐 잔디 구역을 정리하다가 맨 처음 잔디를 찾아
낸 사람이 누구인지 그에게 감사를 전하고 싶었다. 잔디의
전파는 정원 문화의 새로운 시발점이라 할 수 있다. 먼지 날
리는 흙 마당을 어찌 이리 간결하게 만들어 줄 수 있을까 싶
다. 지금은 동서양을 막론하고 잔디 없는 정원은 상상할 수
없다. 먼 시절에는 '망자의 풀'이라 하여 집안 출입을 금기했
으나 그것도 이제는 옛말이 되었고 이미 우리 생활 전반에서
활용되고 있다.

어느 정원에서 잔디를 이용하여 모양이나 글자 등 여러 디자인으로 창작한 것을 보고 감탄한 적이 있다. 사람들에게 강조하고 싶은 부분만 잔디로 표현하고 나머지는 마사 흙으로 공간을 처리했는데 이를테면 기존 인식의 반전이었다. 흔히 천연잔디는 마당이나 광장을 구성하는 중심 요소로만 생각하는데 이건 반대로 잔디를 부재료로 사용한 것이었다. 그곳에서 잔디 활용 기법이 무척 다양하다는 것을 배웠다.

"멋지게 다듬어진 짧은 잔디만큼 풍경을 새롭게 하는 것은 없다."

중세 수도사로서 실용적인 가드닝에 관한 책을 저술했던 알베르투스 마그누스의 말. 잔디마당을 가꾸는 즐거움이란 이런 것이다. 잔디만 잘 손질해 놓으면 풍경이 늘 새롭다. 그것은 삭발한 다음 날의 상쾌한 기분과 같다. 벽돌이나 시멘트가 그런 변화와 기쁨을 제공하겠는가. 녹색 잔디를 융단처럼 잘 손질해 놓으면 그것만큼 눈을 즐겁게 하는 것은 없다.
근래 들어 '잔디를 관리하지 않으려면 처음부터 심지 말고, 심었으면 시간을 다해 보살펴야 명품이 된다.'는 뜻을 지인들에게 설파하고 있다. 잔디마당이긴 한데 관리가 소홀하여 풀밭으로 방치한 곳을 만나면 안타깝다.

잔디 구역은 풀이 절반 이상 차지하면 자기 구실을 하기 어렵다. 이래서 잔디는 가장 쉬운 조경이지만 또 가장 어려운 조경 분야이기도 하다. 심어 놓고 관리하지 않으면 차라리 맨바닥보다 못하다. 잔디 영역은 사람들이 언제 어느 때 방문하더라도 늘 그 높이로 단정하게 있어야 정답이다. 그러기에 여름날에도 손을 놓고 그늘에서 쉴 수 없다.

이런 관리의 어려움 때문에 중세 유럽에서는 잔디를 귀족들의 사치품이라 했다. 넓은 정원을 보기 좋게 관리하기 위해서는 돈과 힘이 있어야 가능했기 때문이다. 그러므로 잔디 정원은 수목과 달리 공력의 손길이 녹아나야 그 자체로 그림이 된다. 가끔 여기 잔디마당을 보고 탐을 내지만 저절로 완성되는 작품은 없다.

프랜시스 베이컨은 『정원에 관하여』라는 책을 쓴 아주 야심찬 정원사였다. 특이한 것은 그가 연못 만드는 것을 반대했다는 사실이다. 그는 연못이 "정원을 비위생적으로 만들고, 파리와 개구리들을 득시글거리게 한다."고 충고했다. 내가 깊은 연못을 싫어하는 이유와 별반 다르지 않았다. 이상하게 연못 정원은 그다지 부럽지 않고, 가지고 싶지도 않다. 흐르는 물을 이용하여 연못을 만들면 몰라도 강제로 물을 끌어와 쓰는 것은 비용이나 관리 등 여러 가지로 무리였다. 나도 한때 업자의 권유로 넓은 연못을 만들어 보았으나 위생적이지 못하고 벌레들의 근거지가 되어 다시 메운 적이 있다. 그 뒤로 수련이든 백련이든 연지에 관해서는 호기심이 사라졌다.

이런 경험이 있기에 우리 정원엔 큰 연못이 없다. 대신에 잔디마당을 곳곳에 조성해 놓았다. 잔디 공간이 많으면 많을수록 정원의 경관은 정숙해진다. 이상하게 책을 오래 읽다가 잔디마당을 내려다보면 눈 피로가 빨리 회복된다. 심리적으로도 위안과 평온함을 느끼기도 한다. 원예 자료를 보니 천연잔디 지표면의 평균온도는 인조잔디, 우레탄, 아스팔트 등에 비해 절반으로 낮았다. 전문가들은 이를 공기기화 효과라는데 푸른 잔디가 대기 온도를 조절해 주는 기능은 확실하다. 잔디마당을 가진 이들은 여름날 아침의 그 청아한 느낌을 잊지 못할 것이다.

중세 수도사들은 가드너를 자원했지만 소유하지 말라 가르쳤다. 나도 가꾸는 과정을 보람으로 섬기는 것일 뿐 소유욕에 침잠하고 싶지는 않다. 여기를 떠날 때 싸 들고 갈 것도 아니므로 어느 날 인연이 다하면 그 소유와 관리를 넘길 것이다. 다만 지금 이때를 기쁨으로 여기며 산다. 내 고생을 아는 지인들이 나를 위로한답시고 "잔디마당을 싹 갈아엎고 시멘트로 덮어 버려요."라고 농담을 건네지만 아직 내 팔에 힘이 남아 있으니 이 일을 건사하기엔 문제없다.

지난주에는 예초기를 돌리다가 돌이 튀어 정강이가 깨지고 땡벌집을 건드려 여러 군데 봉변을 당했다. 이래저래 몸이 성할 리 없는 게 나의 생활이지만 이런 일을 감당하며 매일매일 새로운 아침을 맞이하고 있다. 애당초 이윤을 남길 수단으로 시작했더라면 지금은 설렁설렁 뒤로 물러앉았을 것이다. 내가 좋아하고 관심 두는 일이므로 지겹거나 물리지 않고 쭉 이어 갈 수 있었다. 이 일을 가장 오래 붙들고 있는 걸 보면 집중의 묘미는 이만한 게 없다.

그래서 농담 삼아 '초草집중'이란 표현을 자주 사용하고 있다. 잔디에 앉아 풀 뽑아 내는 일만큼 집중력 높이는 수업을 아직 만나지 못했다. 오늘도 호미질 몇 번 하지 않은 것 같은데도 한 시간이 후딱 지나갔다. 하긴, 불광불급不狂不及이라 했으니 한곳에 미치지 않으면 그 어떤 경지에도 도달할 수 없는 법이다. 누가 뭐래도 정원 일에 열광하는 이 시간이 나는 좋다.

여름
날의

푸
념

아침 작업을 끝내고 땀을 씻으며 나는 수행자이기보다 정원
관리사에 가깝다는 생각이 들었다. 그도 그럴 것이 법당에
서 예불하는 시간보다 정원에서 보내는 비중이 높기 때문이
다. 법당에서 독경에 전념하거나 선실에서 화두라도 타파했
으면 일등 수행자라도 되었을 텐데, 이건 매일 땀 흘리며 정
진해도 도무지 성불 과업에는 진척이 없다. 그렇지만 이마저
물리치고 안일하게 지낸다면 출가한 은혜에 보답하지 못할
것 같아 이 일을 놓지 않고 있다.

요즘 나의 하안거 일상은 새벽 시간에 밭으로 나가 점심 전까지 노동하는 일이 전부다. 어느새 이것이 여름날의 용맹정진이 되었다. 이를테면 오전까지가 입선 시간인 셈인데 한낮의 폭염이 무서워 이른 아침이나 늦은 저녁에 몸을 움직이는 것이다. 그러나 이른 새벽이라도 온몸에서는 땀이 비처럼 쏟아진다. 무슨 일이건 여름날의 작업은 무더위의 기승 때문에 더 곤혹스럽다. 바람 살살 불어 주는 계절이라면 그나마 쉬울 터인데 주인 아니고서는 뙤약볕 아래서 이 일을 누가 하겠는가.

이즈음의 단골 푸념은 풀 이야기가 될 수밖에 없다. 지금은 피서의 계절이 아니라 풀의 계절이라 그렇다. 여름 풀은 정말 징글징글하다. 오죽했으면 내가 '좀비'라고 표현했을까. 분명 다 잡은 것 같은데 다음 날이면 여기저기서 멀쩡하게 살아나니까 이보다 더 지독한 놈이 없다. 이 계절에 초본식물이 앞다투어 키를 키우는 것을 보면 정말 기가 질린다. 그야말로 돌아서기 무섭게 장소불문 풀이 자란다.

어제는 종묘상에 들렀다가 농기구를 사는데 옆의 손님이 '아주 쎈 놈'으로 달라며 제초제를 주문했다. 그이의 표정은 비장했고 말투 또한 단호했다. 마치 풀을 초전박살 내겠다는 결기와 전의가 내포되어 있었다. 밭풀의 공략에 얼마나 호되게 당했으면 저런 처지가 되었나 싶었다. 그러나 결코 약만으로는 풀을 섬멸할 수 없을 것이다.

이곳을 몇 번 다녀간 선생님의 일화다. 학교와 가까운 곳에 전원주택을 짓고 출퇴근하는데, 여름을 지내고 나더니 넋 나간 얼굴로 "풀이 무섭다."는 말을 반복했다. 체격도 크고 힘이 센 남자라 동료 교사들은 그 말을 아무도 믿지 않았단다. 하긴 '좀비'의 습격을 받아 보지 않으면 그 누구도 실감할 수 없다. 그러나 나는 김매는 일에 얼마나 시달렸으면 그런 말을 했을지 공감되었다.

잡풀이란 게 완력이나 지식으로 이길 수 있는 대상이 아니다. 아무리 천하장사일지라도 그 조그만 놈들의 인해전술에는 당해 낼 재간이 없다. 오죽했으면 "잡초는 줄지어 자라는 법을 제외한 모든 생존 기술을 익힌 식물이다."라는 명언이 등장했을까. 한곳에서 나란히 줄지어 자라 준다면 고마운 일이겠으나 사방 천지 제멋대로 영토를 확장하니 그 어떤 식물보다 생존 기술이 뛰어난 건 사실이다. 그러므로 풀 없는 정원을 기대한다는 건 애당초 어렵다. 다만 노력을 통해 최소화할 뿐이다.

정원가의 열두 달 중에서 7, 8월이 가장 힘든 계절이다. 풀 잡다가 시간 다 먹고 몸도 슬슬 지치는 때라 자칫 흥미를 잃을 수 있는 시기이기도 하다. 그러나 풀의 기세에 지레 겁먹고 물러앉으면 정원에 대한 바른 취미를 지닐 수 없다. 어찌 나의 정원에 꽃 피는 날만 있겠는가. 그 나머지는 모두 풀을 뽑으며 관리해야 하는 시간이다. 누구나 꽃을 감상할 수 있지만 누구나 꽃밭을 아름답게 꾸미지는 못한다. 왜냐하면 감상은 선택이지만 관리는 필수이기 때문이다.

어린 풀이 고개를 내밀며 이미 자리 잡은 풀에게 "여긴, 호미 지나갔어?" 하며 살짝 물어본단다. 김을 한 번 매고 지나갔느냐는 소리다. 풀의 입장에서는 호미질을 한 번 하고 지나갔으면 자신의 생명이 더 길어질 수도 있을 것이다. 만약 게으른 주인 밭에 자란다면 키를 더 키우게 될 것이나, 나 같은 주인을 만나면 언제 뽑힐지 모르는 운명이다. 그놈들의 대화가 그럴 수 있겠다고 생각하니 은근 마음이 약해진다.

이런 말이 있다. 주머니의 지갑을 열게 하려면 최소 15분 이상을 머물게 해야 한다고. 그 시간 전에 현장을 떠나면 물건을 구경하거나 천천히 들여다볼 시간이 없어 구매욕을 자극하지 못한다는 것이다. 그러니까 긴 시간을 머물게 하는 것이 흥행의 비결일지 모른다.

최근 한 조사에 의하면 경주의 어느 사찰에 머무는 평균 시간이 30분을 넘기지 않는다는 기사를 읽었다. 그것은 그만큼의 감동밖에 주지 못한다는 뜻. 방문하는 손님을 사찰에 오래 머물게 하라. 이 또한 실용적인 포교 방법 같아서 고민하지 않을 수 없다. 그렇다면 역사와 전통에만 기대지 말고 정성 들여 부지런히 도량을 가꾸는 수밖에 없다.

이웃 마을 할아버지가 "벌과 나비의 이정표는 향기다."라고
했다. 그 향기를 따라 사방에서 벌과 나비가 모여들어 춤추
는 것이다. 아마 꽃향기가 없다면 벌과 나비는 찾지 않을 것
이다. 내가 맹렬한 날씨에도 불구하고 이곳을 땀 흘려 가꾸
는 건 향기 나는 도량으로 개척하고 싶어서다. 향기가 은은
하면 그것이 안내자가 되어 천 리 밖 사람일지라도 여기 꽃
밭으로 그들을 부를 것이기 때문이다.

내
인생,

꽃길만
걷자

지난해 국화는 병충해를 예방하지 못해 꽃봉오리가 일찍 뭉개지는 바람에 절반도 피지 못했다. 그래서 국화정원의 풍경이 그다지 신통치 않았다. 그즈음에 계획했던 국화 다례도 취소하고 속상한 마음으로 가을을 마무리했다.

그런 실패를 반복하지 않기 위해 올해는 예방에 충실하기로 마음을 고쳐먹었다. 늦봄에 이미 한 차례 약을 쳤고, 어제오늘 이틀에 걸쳐 두 번째 약을 살포했다. 작업하는 시간을 줄여 볼 생각으로 성능 좋은 분무기를 들여와 처음 사용해 보았는데 일이 좀 수월했다. 아무래도 한 번에 농약을 멀리 뿜을 수 있으니까 발품을 덜 팔아도 되었다.

이 작업을 장마 기간이 끝나면 한 차례 더 해 줄 계획이다. 국화 종류는 진딧물에 취약해서 잘 살펴 주지 않으면 탐스럽고 선명한 꽃을 만날 수 없기에 매번 수고를 하는 것이다. 이런 과정을 겪고 나면 화훼농가들은 최상의 상품으로 출하하기 위해 얼마나 땀을 흘릴까 싶다. 일이 고되다고 여름날 더위에 물러앉아 있으면 풍성한 가을 국화를 만날 수 없는 것이다.

이러하기에 정원을 가진 이들이라면 가을꽃은 봄부터 준비해야 그 절기를 맞출 수 있다. 그렇지 않으면 원예 가게에서 계절 꽃을 구해 와 심는 수밖에 없다. 주인이 좀 부지런하면 꽃 값을 아낄 수 있는데 때를 놓치면 생각지 못한 돈이 지출되기도 한다. 지난해에 연노랑 아메리칸 메리골드가 마음에 들어 군락지에서 씨를 받아 놓았는데 어디에 두었는지 도저히 찾지 못해 올봄에 파종할 기회를 놓쳐 결국 모종을 구해 왔다. 예상치 못한 비용이 또 든 셈이다.

이처럼 내 기억도 가물가물해져서 지난해부터 '정원일기'를 매일 쓰면서 그날그날의 일을 기록해 두고 있다. 그 덕분에 올해는 모종 옮기는 일이나 비료 주는 시기를 참고하며 꼼꼼히 관리하는 중이다. 우리 텃밭에 고추나 가지 심는 날짜도 지난해 일기를 참고하여 밭을 갈고 이랑을 만들었다. 어떤 농작물을 추가로 심을 것인지, 뺄 것인지도 일기를 살펴보면 알 수 있다. 올해는 서리태는 심지 않을 작정이다. 지난해는 퇴비가 부족했는지 생각보다 작황이 좋지 않았다. 대신에 호박 구덩이를 여러 군데 파서 식구들이 호박을 실컷 먹을 수 있게 했다.

지난해 이맘때 일기를 보니까 제주도에서의 일상이 세심하게 적혀 있었다. 한달살이를 체험해 볼 목적으로 그곳에서 특별 안거安居를 보낸 기억이 어제 일처럼 또렷하다. 혼자의 시간을 만끽하며 제주의 꽃과 나무를 흥미롭게 보았는데, 먼나무, 담팔수, 녹나무 등 그곳 가로수들의 이름도 그때 알게 되었다. 사월초파일 행사를 마치고 멀구슬나무에 핀 꽃이 보고 싶어 제주를 후딱 다녀왔는데 써 두었던 일기를 들추지 않았더라면 꽃 피는 시기를 놓칠 뻔했다.

"어느 작가는 '모든 계절은 유서였다.' 했다. 다음 계절을 기약할 수 없는 것이 인생이니까 계절 계절이 내 인생의 유서였을지도 모르겠다. 그렇다면 나는 그동안 몇 번의 유서를 썼던 것일까. 아직 유서가 되지 않은 내 인생에 감사하며, 이렇게 초여름의 계절을 제주에서 맞이하는 것은 실로 경이로운 것이다. 오늘은 돌담 낮은 집에서 낯선 꽃을 발견하고 친구 목록에 '병솔꽃'이라 적었다."

그때 제주에서 쓴 일기의 한 부분이다. 나에겐 새로운 식물들을 만나는 참 의미 있는 시간이었음을 알 수 있다. 초여름의 그 제주도 풍경을 마음에 담고 있다가 이번 봄에 작은 정원을 만들었다. 절 초입의 폐가를 사들여 잡풀만 무성하던 마당을 정리하고 제주도 느낌이 나는 정원을 꾸며 보았다.

화산석 울타리 옆에 버들마편초를 무리 지어 심었다. 제주에서는 보랏빛의 이 꽃들이 지금쯤 피기 시작하는데 여행을 하던 중 그 매력을 알게 되었다. 그래서 우리 정원에도 꼭 이 꽃을 심어야겠다며 목록에 담아 두었다가 이번에 식구로 맞이하게 된 것이다. 다양한 꽃과 더불어 돌하르방까지 가져다 놓으니 제법 근사한 정원이 연출되었다. 이곳의 이름을 '제주 애월정원'이라 명명하고 벽면에 "내 인생, 꽃길만 걷자."라고 적었다. 여기를 방문하는 모든 이들에게 전해 주고픈 격려와 응원의 글귀이다.

가끔 자신의 인생을 돌아보면 시시하고 별것도 없는 것 같지만 평범하게 살아온 길이기에 오히려 특별한 인생일 것이다. 왜냐하면 한 번뿐인 인생이고 어느 누가 대신해 줄 수 없는 나만의 인생이기에 더 소중하지 않을 수 없다. 그러니까 풍진 세파를 견디며 살고 있기에 우리 모두의 인생은 찬란한

꽃길일 것이다. 울퉁불퉁 가시밭길을 경험해야 삶의 꽃길을
완성할 수 있는 법. 그러므로 열심히 살아 내고 있는 우리 인
생도 꽃처럼 멋지고 아름답다.

꽃씨
지도

국화밭 사이에서 백일홍이 군락 이루어 크고 있는 것을 보고서 굉장히 반가웠다. 봄날 그곳에 씨를 뿌렸는데 눈인사를 하지 않았으면 깜빡하고 지날 뻔했다. 비가 한 차례 내리고 나면 가까운 화단으로 모종 삼아 옮겨 볼 생각이다. 이맘때가 되면 이번 봄날 어디에 어떤 꽃씨를 뿌렸는지 잊어 먹기 일쑤다. 이제는 내 기억력도 믿을 수 없어 올해는 꽃씨 지도를 그렸다. 구체적으로 그림을 그린 뒤 어느 곳에 무슨 꽃씨를 묻었는지 표시를 해 두었다.

그 위치를 정확히 몰라서 풀 작업 할 때 기계를 마구 돌려 잘라 낸 일이 많았다. 한번은 무심코 풀 약을 쳐 버려 여린 싹을 다 죽인 일도 있다. 그러니까 씨앗이 싹을 틔워 자기 색을 지닌 어른 꽃으로 성장하기까지는 변수와 시련이 있는 것이다. 더군다나 풀이 무성해지면 그 위치를 파악하기 어렵기에 푯말로 표시하거나 지도를 그려 둔 것이다. 그 덕분에 풀인 줄 알고 캐 버리려다가 버들마편초 새싹이란 걸 알았다.

꽃씨 지도를 살펴보니 해바라기, 버들마편초, 백일홍, 수레국화, 부용화, 메리골드를 뿌렸다. 이미 칸나와 다알리아 구근은 자리를 잘 잡아 키를 키우고 있고 나머지 꽃씨도 잎눈이 생겼다. 그런데 키 작은 해바라기는 꽃망울이 부풀어 탱탱한데 부용화는 아직 잠잠하다. 풀에 치여 온전히 눈을 내밀지 못한 모양이다. 포트에 키우는 건 쉬운데 마른 땅에 직파하는 건 발아 시간이 더딜 것이다. 메마른 땅에서 꽃을 피우는 놈들은 그래서 대견하고 고맙다.

지난해에 천일홍 씨앗을 받았다가 그 자리에 다시 뿌렸는데 도통 소식이 없다. 스스로 씨가 그 아래에 떨어졌을 텐데 그 주변이 침묵하는 걸 보면 뭔가 방법이 잘못된 것 같다. 다년생이 아닌 다음에야 해마다 그 운명을 가늠할 수 없다. 저 앞의 세이지도 지난해까지만 해도 잘 버텨 주더니 올해는 새순이 없다. 봄날 풍경을 담은 사진을 보면 해마다 정원의 주인공이 바뀐다. 지난해엔 팬지가 참 많았는데 올핸 바늘꽃이 생생하다.

어제는 옆 동네 정원 구경을 다녀왔다. 시골집을 고쳐 귀농한 지인이다. 채송화, 옥잠화, 삼색 버들, 블루엔젤 등 내 눈에 익은 꽃들이 반겨 주었다. 이왕 나선 길에 그 윗집의 정원도 둘러봤다. 얼마나 알뜰하게 정원을 다듬었는지 솜씨와 세월이 느껴졌다. 대문 옆 해묵은 능소화는 꽃들이 넌출지게 늘어졌고, 옹기종기 모여 있는 키 작은 나리꽃도 사랑스러웠다. 텃밭에는 식탁에 올릴 푸성귀들이 잘 자라고 있었다. 우리 밭 상추보다 일찍 자랐기에 좀 얻어 오면서 마음 뜨락이 충만해졌다. 누구나 자기식대로 정원을 사랑하며 가꾸고 있는 것이 흐뭇했기 때문이다. 그들과는 초면일지라도 정원으로 인해 금방 동화되고 공감할 수 있었다.

교토의 오래된 골목을 어슬렁어슬렁 서성이고 싶어도 발이 묶여 못 가 본 지 오래다. 내가 그곳을 좋아하는 이유는 정원 둘러보는 재미가 쏠쏠하기 때문이다. 역사가 오래된 사찰 정원도 볼 만하지만 이곳저곳 골목을 거닐면서 집집의 정원을 기웃거리는 것도 새롭다. 그 재미에 걷다 보면 어디를 돌아왔는지 왔던 길을 잊어 먹기도 했다. 어떤 집 정원이든 정갈하고 군더더기 없으며 인물 반반한 조경석이 반드시 있다는 것이 특징이었다. 그 기술을 배워 와서 나 나름 응용해 보

았으나 그 맛을 낼 수 없다. 민족의 문화란 그 고장과 그 풍
토에서만 어울리는 일. 우리는 우리만의 정서와 풍경이 있으
므로 그 정신만 참고하면 되는 것이다.

18세기 영국의 풍경식 정원에 영감을 주었던 알렉산더 포프
는 "정원을 배치할 때 가장 먼저 고려해야 할 것은 그 장소
의 특별한 재능이다."라는 말을 남겼다. 어떤 장소에 새로운
패턴을 부여하기보다는 그곳의 장점을 살리고 결점을 해결
하는 기술이 중요하다는 뜻이겠다. 그 장소의 결점만 줄이면
장점은 저절로 드러나게 되어 있다.

모든 정원의 풍경이 일률적이라면 그다지 흥미롭지 않을 것
이다. 나라마다 정원 양식이 다르고 민족마다 식물 수종이
다르기에 서로 비교해 보는 재미가 있는 것이다. 그러므로 남
의 인생을 흉내 내거나 부러워할 필요는 없다. 왜냐하면 인
생 정원의 특성이 제각각이기 때문이다. 바람이 불어도 소나
무는 크게 흔들리지 않으나 참나무는 가지가 요동치더라. 거
지도 제멋에 산다는 말이 있는데 모두 자기 생긴 대로 살아
가는 법이다.

내가 정원 일에 신명을 다하는 것은 다양한 생명이 조화롭
게 어우러지는 정토를 이곳에 구현하고 싶은 소망 때문이다.
경전에 기록된 극락세계에도 지상에서 볼 수 없는 화려한 꽃
들이 피어 있다고 한다. 그러니까 나무와 꽃이 없는 낙원이

란 상상할 수 없는 것이다. 내 식대로의 샴발라를 이곳에서 완성해 가고 있는 과정이라 여겨도 되겠다. 기회가 되어 여기에 명상 수업을 개설하면 그 주제를 '화화호호花花好好'로 할 것이다. 꽃을 보며 찡그리는 사람은 드물다. 마음이 고요하고 평화로워지면 그 자리에 지상 정토가 건설되는 것이다. 나는 여기에서 꽃을 사랑하는 사람들과 정을 나누고 웃음을 나누며 삶을 위로하고 격려할 것이다. 그나저나 여러분들은 이번 봄날에 어떤 꽃씨를 심었는가?

가을이

더

정신없다

간밤에 비바람 치는 소리를 들었는데 아침에 일어나 보니 마당 곳곳에 낙엽이 어지럽게 흩어져 있었다. 몇 날 며칠 온 도량의 낙엽을 말끔히 치웠는데 그 일이 허사가 되었다. 마당을 정갈하게 하는 데는 몇 시간의 노동이 필요하지만 어지럽히는 것은 큰 바람 몇 번 불면 끝난다. 이것만큼 힘 빠지는 일도 없다. 그렇지만 휘몰아치는 바람을 원망하거나 탓해서 무엇하랴.

군말 없이 오전 내내 비질하며 치웠다. 서두르지 않고 슬슬 정리하다 보면 다시 고요한 침묵의 공간이 된다. 가을 마당은 비질의 흔적이 있어야 더 평화롭다. 이러하므로 아침 운동은 이곳저곳 낙엽 쓸어 내는 일로 대신하고 있다. 무슨 일이건 미리 겁을 먹고 미적미적 미룬다면 아까운 시간만 허비하면서 짐스러운 삶이 되고 만다. 지금 마주친 일은 현재 나에게 주어진 삶의 과제라 생각해야 하나하나 풀 수 있다.

가을 구름은 한가로운데 이상하게 나는 가을이 더 바쁜 것 같다. 눈만 뜨면 할 일이 보인다. '추승구족秋僧九足'이란 말이 있듯, 가을에는 스님네의 다리가 아홉 개는 되어야 할 것 같다. 도저히 두 개의 다리로는 부족한 것이 정원 수행자의 가을 일상이다. 이리 뛰고 저리 뛰어도 일감이 수두룩하다.

감나무 아래에 맥문동이 피었다 졌는데 마음먹고 낫으로 베어 냈다. 풍성한 머리숱을 베어 내지 않으면 나중에 감잎과 뒤엉켜 번잡해지기 때문이다. 내친김에 돌 틈의 풀까지 잡아 주고 나니 그 주변이 깔끔해졌다. 잠깐 쉬다가 법당 뒤 잔풀도 정리했다. 가을 풀은 키를 낮추어 촘촘히 번져 있다.

그저께는 밭에 내려가 들깨를 베어 말리는 작업을 했고, 그 자리에 시금치 씨앗을 심었다. 이제 첫서리가 내린 뒤 서리태 콩을 수확하면 밭일은 손댈 게 없다. 뒤이어 말라 버린 코스모스를 잘라 주었다. 근 한 달여 가을 길을 아름답게 단장해 준 친구들인데 미리 씨를 받아 놓고 싹 없앴더니 비로소 밭둑이 드러났다. 키 작은 나무들이 코스모스 군락에 파묻혀 얼굴도 내밀지 못했는데 햇살을 구경하게 되어 다행이다 싶었다.

어떤 일이건 시작할 땐 간단히 끝날 줄 알고 덤비게 되지만 대충 해결되는 일은 없다. 뒷일까지 꼼꼼히 정리하려면 하루 일로 마무리 안 될 때도 있다. 그런데 일 욕심이 생기면 그날 안에 끝내려고 용을 쓰게 마련이다. 지난주엔 폭우에 무너진 오솔길을 다져 주는 작업을 했는데 그 일로 몸이 힘들었는지 몸살로 며칠 누워 있었다. 이 가을엔 몸살이라도 나야 쉴 수 있는 것이다.

'삼매경'이란 표현이 있다. 종교마다 경전들이 차고 넘치지만 '삼매경三昧境'만큼 우수한 게 없는 것 같다. 어떤 일에 집중하면 힘든 것도, 시간 가는 것도 잊어버리는 경지가 삼매경이다. 어디 독서 삼매경만 있을까. 풀을 뽑더라도 그 일에 몰두하며 그 일을 즐기면 그것은 '풀 삼매경'일 것이다. 정원 일을 해 보면 절로 삼매경에 빠지는 경우가 많다. 그래서 두세 시간은 앉아 무심코 일을 하게 된다.

한창 자태를 뽐낸 봉선화도 생명이 다하여 하나둘 쓰러진 걸 뽑았는데 그것은 어제 일이다. 그 일도 한 시간이나 했나 싶었는데 작업을 마치고 보니 세 시간이나 지나 있었다. 이렇듯 정원 시계는 평소보다 빨라서 언제나 모자란다. 무엇이든 즐길 수 있다면 그 일은 노동이 아니라 취미다. 즐거운 취미로 접근해야 오래 할 수 있고 기쁨과 보람을 동시에 느낄 수 있다.

나이와 상관없이 사람에겐 적당한 일거리가 있어야 삶이 시들지 않는다. 그 일을 통해 삶에 탄력이 생기고 활기가 된다면 건강한 생활이라 할 수 있을 것이다. 새로운 에너지와 리듬으로 자신을 가꾸어 가려면 어떤 일거리를 만들어야 한다. 일에 대한 흥미와 관심이 사라지면 고개 숙인 꽃과 같이 생기 없는 인생이 될 수 있다.

이렇게 바삐 가을을 보내고 있지만 언제나 나를 웃게 만들고 신명 나게 하는 것은 꽃이다. 내 정원이 없었다면 생의 보람과 기쁨을 마음껏 누릴 수 있었을까 싶다. 요즘 구절초가 만발하여 여기저기 꽃길이다. 그제부터 국화가 피기 시작하여 서로서로 조화를 이루고 있다. 노란 동국은 아직 꽃대만 가득한데 감국은 앙증스럽게 자태를 드러냈다. 개화의 순간을 들여다보고 있으면 어찌 저리 자신만의 선명한 색을 지니고 있을까 싶다. 그 어떤 물감으로도 표현하지 못할 신비한 개성을 지니고 있다. 해마다 때를 맞추어 방문하는 우리 정원의 가을 손님.

가을꽃이라 하여 우연히 피었겠는가. 꽃을 피우기까지 거친 폭풍우와 마주하며 모진 시간을 견뎌 왔을 것이다. 어렵고 힘든 시간이 한 송이 꽃으로 승화한 것이나 마찬가지다. 인생도 별반 다르지 않을 터이다. 삶의 과정이, 흔들리는 일이며 침묵하는 일이며 견디는 일이다. 순탄하게 가는 인생길은 없다. 넘어지고 상처받을 때마다 삶의 나이테는 한 겹씩 성장하게 된다.

내일은 은행나무 아래에서 일찍 떨어진 열매를 쓸어 내고, 여름 내내 화사했던 접시꽃이 시들었으니 그것도 잘라 낼 예정이다. 가까운 동네에서 국화축제를 열고 있다는데 시간이 부족해 아직 그곳도 못 가 봤다. 이래저래 우리 정원에서는 가을이 더 바쁘다.

아는
사람만

살짝
다녀가는

곳

오늘 교육관 근처에서 풀 솎아 내는 일을 하고 있는데 이곳
을 처음 방문한 이가 나의 수고로 인해 정연하고 풍성한 풍
경을 감상할 수 있다며 "우리들 행복해 죽으라고 이렇게 잘
가꾸어 놓았죠?"라고 했다. 한마디로 예쁜 곳을 알게 되어
기쁨 충만하다는 뜻.
일찍이 들어본 적 없는 표현이었다. 얼마나 감동했으면 행복
해 죽을 만큼 마음에 든다고 했을까. 압축적인 그 묘사가 종
일 내 감정을 흔들었다. 나의 노력과 정성으로 만들어진 이

공간이 사람들에게 감동과 위로를 줄 수 있다는 확신이 더 분명해졌다.

일전에 누가 나에게 왜 정원 일에 몰두하느냐고 물었을 때, '정원을 통한 전법'이라 말한 적 있다. 이른바 정원 포교라 말하면 아직은 생소할 수 있는데 꽃과 나무를 가꾸며 자연에 기대어 휴식하고 치유하는 길을 일러 주는 역할이다. 그러니까 나의 공간을 영혼을 정화하는 장소로 제공해 주는 것이다.

그래서 여기는 건물이 주인 되는 사원이 아니라 정원이 주인이 되는 곳이다. 여기서 흙을 만지며 줄곧 "미래의 경전은 꽃밭이다."라는 소신을 전달해 왔다. 꽃과 나무 없이는 그 어떤 곳도 종교가 될 수 없고 안식처가 될 수 없기 때문이다. 그러니까 정원을 전법의 수단으로 활용하고 있는 셈이다.

이미 정원을 주제로 하여 전법에 활용하는 사찰을 거론하라면 선암사와 화엄사가 대표적이다. 전남 순천 선암사는 한국 승원의 향기를 가장 잘 간직한 본산으로 이름 높다. 사찰 정원의 진수를 보려면 선암사로 가라 말하고 싶다. 옛 담장 옆에 줄지어 서 있는 고매古梅에 꽃이 피면 그 장관은 가히 봄날의 수작이 아닐 수 없다. 선암사의 당우들도 곱게 늙었지만 나무와 꽃도 아름답게 늙어 가는 한국의 명원名園이다.

처음엔 사람이 나무를 심고 나중에는 나무가 사람을 부른다는 학설이 증명되는 곳. 선암사는 경내에 화목이 많고 고풍스러운 옛 절의 모습을 잘 보존하고 있다는 점에서 높이 칭송할 만하다. 수령 굵은 수목들이 늘어서 있어서 사찰 역사를 가늠하게 한다. 결국 선암사는 정원이 사람을 불러 모은다 해도 과언 아니다. 건물은 한두 번 감상하고 나면 다시 가기란 쉽지 않은데 나무는 해마다 꽃이 피므로 거듭 방문하게 되는 것이다.

또한 지리산 화엄사는 각황전의 홍매가 필 무렵이면 수백만 명이 찾는 명소가 되었다. 수십 명의 스님네가 종일 정렬해 있다 하더라도 그토록 많은 사람을 인도하지는 못하리라. 달리 표현하자면 수십 명의 수행자가 달려들어도 어려운 포교를 독보적인 수목이 담당하는 것이라 할 수 있다. 그것은 나무에 깃든 세월의 나이가 있기에 가능한 일이다. 일찍이 누군가가 그 나무를 베어 버렸다면 과연 오늘의 화엄사가 빛날 수 있었을까.

여기와 인접해 있는 천안의 각원사는 벚꽃 성지라 해도 무방하다. 창건주 노스님이 50여 년 전 일본 현지에서 공수해 온 귀한 품종의 벚나무가 숲을 이루고 있다. 해묵은 수양벚나무의 꽃도 우아하지만 흐드러지게 피는 겹벚꽃의 매력 앞에서는 탄성을 지르기에 충분하다.

이러한 사찰을 예로 든 까닭은 다른 뜻이 있어서가 아니다.

미래의 불교는 정원이 한몫을 차지할 것이고 결국 사찰 순례에서 정원 답사로 전환된다는 것을 말하고 싶어서다.

나는 이곳의 콘셉트를 설명할 때마다 '정원형 사찰'이라 말한다. 흔히 '천년고찰' '기도도량' '관음성지' 등 사찰의 성격을 부여하듯 우리는 정원 사찰이라 말하는 것이다. 다시 말해 건물보다 정원이 더 빛날 수 있도록 많은 시간을 투자한다는 뜻이다. 그러니까 사찰과 정원이라는 큰 줄거리를 잡아 놓고 하나하나 그림을 완성해 가고 있다.

자주 언급하는 말이지만, 질서 있는 정갈한 화단과 낙엽 없는 맑은 마당을 추구하는 게 내 지론이다. 그러니 여름엔 풀이 무섭고 가을엔 낙엽이 두렵다. 일과표 대부분을 그 일로 채우고 있기에 몸은 고단하나 그 나름의 성과나 보람도 있다. 여기 공간을 찾는 이들이 행복하게 쉬어 가는 것을 목격하면 저절로 피로가 사라진다. 이러하니 관리하는 일을 게을리할 수 없다. 이곳에는 돌 하나 흙 한 줌에도 나의 철학이 담겨 있다 해도 과언 아니다. 무심코 배열한 것은 없으며, 수십 번을 헤아리고 고심한 끝에 그 자리를 잡은 것들이다.

이런 결과로 사찰보다 정원이 더 소문이 나서 방문객들이 차츰 늘어나고 있다. 그러니까 정원이 포교와 전법의 소재로 잘 활용되는 것이다. 심지어는 '누구에게도 소문내지 않고 나만 알고 싶은 곳'으로 간직하고 싶다는 분들도 있었다. 자신만 왕래하는 치유의 장소로 이용하고 싶은 것이다. 이런 분들의 마음을 알기에 시끌벅적한 사찰이 되지 않도록 그 분위기를 잘 유지하려고 신경 쓰는 중이다. 나 또한 '누구나 다 아는 공간이 아니라 아는 사람만 살짝 다녀가는 곳'으로 만들고 싶으니까.

내가 날마다 호미를 들고 정성을 쏟는 이유는 이 공간에서 아주 행복해서, 그 행복에 겨워 죽을 정도로 기뻐하라는 것이다. 그것이 내가 추구하는 '정원 힐링'이며 '꽃의 법문'이다. 이제는 자연의 소리에 귀 기울이고 숲이 전하는 가르침에 경건해야 할 때다. 즉 자연이 연주하는 악장을 읽으며 생명의 에너지를 채워야 할 시점이라는 것이다.

어쩌면 우리를 일깨우고 설교 없이 전도하는 성자들은 인간이 아닌 나무와 꽃일지도 모른다. 이러하기에 이 시대는 꽃과 나무가 중요한 전법 수단이 될 수밖에 없다는 뜻이다. 비록 나의 이런 시도는 작은 정원에서 시작하지만 머지않아 온전히 빛을 발할 때가 다가오리라 확신한다.

단풍은
잠깐이고

낙엽은
　　　오래더라

아침 서리가 사나흘 내리더니 가을 색이 한층 선명해졌다.
공양간 옆 단풍나무 잎들이 어느새 붉게 물들어 햇살에 반
짝이고 있다. 며칠 전까지만 해도 무소식이었는데 언제 저렇
게 색감이 완연해졌을까. 단풍 들 시간도 주지 않고 서둘러
겨울이 시작되나 했는데 어김없이 때를 맞추니까, 계절 시계
는 언제나 틀림이 없다.
오늘은 높게 떠 있던 햇살이 키를 낮추어 마당으로 내려오
는 날이었다. 가을볕은 돈 주고도 살 수 없는 귀한 양식이라

했다. 며칠 내내 흐린 하늘만 지속되다가 모처럼 맑아진 하늘이라 청소하는 일로 몸도 마음도 바쁜 하루였다. 영국 사람들은 11월을 일러 '과일도 꽃도 잎도 새도 없는 달'이라 표현한다지만 여기 사정은 그렇게 쓸쓸하지 않다. 아직 홍시가 달려 있고 국화의 빛깔도 의연하며 밤나무는 푸르고 생생한 상태라서 잎이 다 지려면 더 기다려야 하는 상황이다.

그렇지만 산등성이의 참나무 숲에는 연일 낙엽이 쏟아지고 있다. 연이틀 매서운 바람이 숲을 흔들고 지난 뒤라서 그 낙엽이 마당까지 날아왔다. 요즘은 '단풍은 잠깐이고 낙엽은 오래더라.'는 시를 쓰고픈 심정이다. 아침에 쓸었다가 저녁에 또 쓸어야 사람 사는 집 같다. 안 그러면 주변 낙엽들이 온통 마당에 흩어져 온기 없는 집처럼 심란하다. 언덕의 키 큰 나무들이 나의 동향을 지켜보는 것인지 몰라도 이상하게 집을 비운 날은 평소보다 더 많은 낙엽을 장만해 놓는다.

그래서 낙엽 분분한 가을에는 마음 편히 자리를 비우지 못한다. 하루라도 손길이 가지 않으면 어디선가 표시가 나기 때문이다. 어제 벗들과 미리 잡아 놓았던 제주 탐방도 이런 이유로 일정을 취소했다. 마당의 낙엽이 눈에 들어오면 그 자리에서 줍거나 치우는데 그걸 할 사람이 없으니 주인 없는 티가 날 수밖에 없다. 나의 유별난 성격 탓인지 몰라도 뜰에 뒹구는 낙엽에는 관대한 마음이 안 된다. 눈에 거슬리면 늦은 밤일지라도 쓸고 들어와야 개운할 때가 있으니 이것도 병이 라면 병이다.

어제는 가을비를 살짝 맞으며 낙엽을 치웠다. 일을 시작할 무렵엔 하늘이 멀쩡하다가 점점 흐려지는가 싶더니 여린 이 슬비가 내렸다. 그렇지만 이왕 손을 댄 김에 옷 젖는 것과 상 관없이 감나무 주변의 숨은 낙엽까지 긁어 내며 정리했다. 그곳은 영산홍 군락 구역이라 낙엽을 손으로 일일이 주워 내 야 해서 차일피일 미루어 오다 어제 그 숙제를 해결한 셈이 다. 아마도 비 오는 날에 청소하는 내 모습을 보았다면 청승 맞다 했을 테지만 기분은 산뜻하다.

이런 일을 내년 봄이 올 때까지 여러 차례 반복해야 한다. 한 겨울일지라도 어디선가 낙엽이 마당으로 날아오기도 하니까 방심할 수 없다. 정원은 무엇을 심느냐보다는 어떻게 손질하 느냐의 기술이다. 정원 손질의 기본은 뒷마무리와 청소다. 지 난주는 한쪽에 던져두었던 전지 가지들을 하나하나 다듬어 땔감으로 만들었다. 무엇이든 있을 자리에 있게 하는 것, 이 기본에 충실하지 않으면 단정한 정원을 기대하기 어렵다. 그 런 점에서 여기 정원의 차분하고 반듯한 표정은 나의 고된 노력으로 형성된 작품이다.

이렇게 매일 청소하는 까닭은, '평화로운 그림'의 완성은 정리 정돈에 있다는 신념에 부응하기 위해서다. 정원은 자연의 법문을 전하는 또 하나의 장소일 것이다. 동서양의 천경만론千經萬論보다 화원의 무수한 꽃들이 지친 어깨를 격려하는 시대를 살고 있다. 조지 버나드 쇼, 이 사람은 "하나님을 찾을 수 있는 가장 좋은 장소는 정원이며, 거기에서 그를 찾을 수 있다."는 말을 남겼다. 꽃과 나무가 있는 곳이라면 그 모두가 신의 장소라 갈파한 것이다. 그러므로 정원 어느 곳이든 성전이 될 수 있기에 그 자리를 쓸고 닦는다.

거창하지만 여기가 그런 공간이 되길 바라는 마음에서 이곳저곳 손질하고 있다. 청소를 통해 혼란했던 장소가 원래의 고요한 공간이 될 때 내 마음도 잠잠해진다. 그럴 때마다 도량의 청정함을 잘 유지하는 일이 수행의 정신과 크게 다르지 않다는 생각이 들곤 한다.

아주 오래전에 방영했던 드라마 〈원효대사〉의 최종 장면에서 설총이 마당을 깨끗이 쓸었을 때 원효가 낙엽을 한 움큼 흩날리며 "가을 뜨락엔 낙엽이 있어야 제격"이라 했다. 과연 낙엽이 있는 마당이 아름다울까. 그건 어디까지나 청소가 전제될 때 가능하다. 소제를 통해 공간이 맑아졌을 때 낙엽도 풍경이 되는 법. 애당초 청소하지 않은 장소에는 적용될 수 없는 이치다. 그러니까 맑은 여백이 받쳐 줄 때 낙엽도 그 바탕 위에서 빛날 수 있는 것이다.

『선가귀감』에는 '수본진심守本眞心 제일정진第一精進'의 가르침이

전한다. 번뇌에 오염되기 이전의 마음을 지키는 것이 으뜸의 수행이라는 뜻이다. 본래 청정을 유지하는 게 만법의 요체다. 이 가르침을 정원 수행에 대입해 보면 나의 뜻이 명확해질 것 같다. 정원의 본래 얼굴은 어지럽기 전의 모습이므로 그것을 유지하기 위해 청소에 열성을 다하는 것이다.

가을 낙엽을 쓸며 "낙엽들이 왜 구석으로 모여 있는 줄 아세요?" 했더니 "왜 그런데요?" 되물었다. 내가 웃으면서 이렇게 답했다. "낙엽들도 추워서 서로 몸을 웅크리고 바람을 피하고 있는 거지요."

적을수록

많은
것이다

여기를 방문하는 이들이 자주 하는 말.

"스님, 정원이 참 아기자기해요."

그때마다 나는 농담 삼아 이렇게 대답한다.

"아기도 없고 자기도 없어서 그렇습니다."

우리 정원의 식물들이 오밀조밀 배치되어 있어서 아기자기
하다고 표현해 주는 것이다. 어떤 이들은 섬세하고 꼼꼼해서
니승尼僧의 손길로 착각한다지만 여성이라고 해서 반드시 찬

찬하고 촘촘한 성격은 아닐 것이다. 남성보다 더 투박한 솜씨를 지닌 여성도 많으니 그런 편견은 이제 진부하다.

여러 해 꽃과 나무를 돌보면서 어떤 정원이 완벽한 설계일까 자문해 볼 때가 많다. 결론부터 말하자면 "모범 답안은 있어도 절대 정답은 없다."이다. 왜냐하면 각자의 개성과 취향이 스며 있다면 그곳이 최고의 정원이기 때문이다. 많은 수종과 다양한 화초들이 있다 하여 반드시 뛰어난 정원은 아니다. 또한 면적이 넓고 크다고 해서 아름다운 정원이라 정의할 수 없다.

면적의 넓이와 품종의 다소와는 관계가 없다. 정성과 노력이 깃들어 있으면 그게 명품 정원이다. 다시 말해 주인의 평소 생각이나 가치관이 정원 곳곳에 녹아 있으면 된다는 뜻. 자기식의 정원이 되어야지 기준 없이 모방하다 보면 너절하게만 될 뿐 자신이 추구하는 주제가 선명해지지 않게 된다. 저 집 정원엔 적격이지만 우리 정원에는 어울리지 않는 수목이 있듯 자신의 이론이 강조되어야 좋은 정원이라 할 수 있겠다. 정원이 작아도 상관없고 수종이 부족해도 문제없다. 나는 '정리 정돈이 최고의 조경'이라는 신념을 지니고 있다. 말끔하고 단정한 정원, 이것이 내가 전파하는 정원 논리다. 다양한 꽃이 피었더라도 그 주변이 난잡하고 어수선하다면 이미 실격. 내외명철內外明徹이란 말처럼 안과 밖이 두루 투명하다면 더 완전할 것이다. 그럴 때 바람도 시간도 잠시 머물다 갈 수 있다.

한국 원림園林의 기본은 지나치지 않고 그렇다고 모자라지도 않게 배치하는 것인데, 이 부분이 가장 힘들다. 그러니까 과유불급은 어디서나 응용되는 철학이다. 즉 너무 궁색해 보일 정도로 아끼지 말며 그렇다고 너무 호사스럽게 자랑하지도 말라는 것이다. 어떤 정원은 엄청난 자금을 들여 조성하여 입을 벌리게 하지만 잔잔한 감동은 없다. 이것은 '화려하지만 검소하게'의 기준을 넘은 것이다. 기호가 지나치면 사치가 된다.

화장술도 '터치를 한 듯 안 한 듯' 하는 게 실력이란다. 너무 지나치면 농염이 되고 너무 약하면 세련미가 부족하다는 것이다. 이런 적정선을 맞추는 게 조화며 비율인데 어느 분야에서건 쉽지는 않다. 밥과 술도 적당히 먹었을 때 기분 좋고 잠도 적당히 취했을 때 몸이 가볍다. 무엇이든 그 선을 넘으면 조율이 깨지는 것이다. 이러하기에 옛사람들이 "적당히 해라."라고 했다.

정원의 기술도 이와 다르지 않다. 공간을 너무 채워도 답답하고 그렇다고 다 비워 놓아도 허전하다. 다시 말해 여백의 미를 잘 계산하는 게 조화의 관건이라는 것이다. 어떤 정원은 꽃과 나무가 과밀하고 정원석이 많아 따분하고, 어떤 곳은 너무 없어서 빈약하다.

이 시대의 거장 안도 다다오의 작품 중에 종교건축물도 꽤 많다. 대표적인 것이 일본 오사카에 있는 '빛의 교회'와 아와 지시마 언덕에 세워진 '물의 절'이다. 이 사람의 작품 공간에는 빛, 물, 노출 콘크리트가 지형과 조화를 이루어 절묘한 예술미로 탄생하고 있다. 교회는 빛으로 십자가를 표현하여 신앙의 세계로 인도하고, 절은 물이 있는 연못 아래층에 법당을 만들어 신앙의 본질로 안내하고 있다. 결국 사랑과 자비라는 종교의 주제를 빛과 물로 압축해 놓은 셈이다.

복잡하고 현란하다고 해서 교리의 영역이 확장되거나 위대해지는 것은 결코 아니다. 현자의 명패는 수식어가 화려하지 않다. 가타부타할 것 없이 그 본질을 '한 큐'에 말해야 안목이 열린다. 그게 소위 말하는 '선'의 정신이다. 안도 다다오는 이러한 선의 정신을 공간으로 잘 설명해 놓은 위대한 건축가이다.

잠시 엇나갔지만 건축 예술뿐 아니라 정원에도 선의 정신이 필요하다는 것을 말하고 싶어서다. 돌을 놓고 싶은 욕심이 넘쳐 그 경계가 무너지면 식상하고 혼란하다. 귀하지 않게 된다는 말이다. 기묘한 반석을 하나 놓았을 때와 여러 개 놓았을 때의 차이다. 마당에 반석 하나만 있을 때는 작품이지만 여러 개 있으면 돌집이 된다. 그래서 주객이 분명해야 한다.

채우는 일이 힘들면 차라리 비워 놓아라. 그게 이리저리 손
대는 것보다 실패할 확률이 낮다. 건축가 미스 반 데어 로에
의 "적을수록 많은 것이다."라는 명언을 상기해 볼 필요가 있
다.

나는 훗날 나의 거처가 별도로 생기면 그곳 정원엔 덩그런
돌 하나만 놓고 아무것도 들여놓지 않을 생각이다.

뺄셈의   미학

오늘 열댓 명의 사진작가들이 모여 밤늦게까지 작품활동 하는 걸 옆자리에서 지켜보았다. 여기 절이 생긴 뒤 오늘만큼 셔터 세례를 받은 적 없다. 마침 법당 뒤 별들이 총총하고 영롱하여 밤하늘을 찍기엔 적합했을 것이다. 겨울밤 추위에도 아랑곳하지 않고 작업에 몰두하는 그들의 집념에 새삼 경의를 표하게 되었다. 남이 시킨 일이라면 저리 열정을 쏟을까 싶었다. 나도 한때 사진에 관심을 두었으나 근기가 부족하여 일찍 포기한 경험이 있다. 이분들의 작품을 사진 잡지에 연재한다니 어떤 결과물이 탄생할지 기대된다.

이번에 이들을 통해 배운 사진 예술의 3대 미학이 정원 미학과 큰 차이가 없었다. 지나친 관심일지 몰라도 무슨 일이든 기승전결의 끝판은 언제나 정원이다. 나의 뇌 구조를 단면으로 그려 본다면 절반 이상이 정원이라는 글자로 채워져 있을지도 모를 일. 그렇다면 사진과 정원 미학이 뭐가 그리 유사할까.

첫째는 기다림의 미학. 마음에 차는 작품을 만들기 위해서는 수없는 시간을 기다린다. 심지어 밤을 새우는 일도 감수해야 한다. 승려 사진가로 활동하는 절집 선배도 이번 사진 행사에 참여했는데 그의 출사 기행을 자주 들었다. 산과 야생화에 심취하여 산을 찾을 때는 그날 오후에 입산하여 비박을 하며 때를 기다린다 했다. 그런데도 자신이 원하는 날씨가 받쳐 주지 않으면 수천 장 찍은 일출 사진일지라도 실패한다는 것이다.

그러니까 사진작가의 한 컷 걸작은 결국 기다림의 시간인 셈이다. 기다리지 않고서는 그 무엇도 성취할 수 없고 이룰 수 없다. 어쩌면 완벽한 작품은 얼마나 더 인내하며 기다리느냐의 차이인지도 모른다. 오래 기다려야 좋은 때를 만날 수 있고 결정적 장면을 잡아낼 수 있기 때문이다. 우리가 감상하는 뛰어난 작품은 그 기다림이 축적된 산물이다. 그러므로 사진 예술의 백미는 기다림이라 정의할 수 있다. 기다림이 전제되지 않고서는 결코 인생 사진을 만들 수 없는 것이다.

둘째는 구도의 미학. 어떤 구도와 시선으로 연출하느냐의 문제는 사진 예술에서 아주 중요한 부분이다. 이를테면 프레임의 기술인 것이다. 이러하기에 어떤 장면을 어떻게 포착하여 어떤 프레임으로 해석하는가가 그 작품의 생명이 될 수밖에 없다. 다시 말해 눈에 보이는 걸 찍는 것이 아니라 보여 주고 싶은 것만 찍는 것이다.

셋째는 뺄셈의 미학. 전문가의 표현을 빌리자면, 얼마나 잘 잘라 내느냐의 기술인 것이다. 그러니까 걸리적거리는 부분을 화면에서 사라지게 함으로써 주제를 더 선명하게 표현하는 작업이다.

이런 과정을 통해 완성도 높은 작품이 만들어지는데 때론 색도를 보정하고 원화의 불필요한 부분을 오려 내면서 군더더기는 빼고 본질만 남기는 것이다.

그런데 이러한 사진 미학과 정원 미학이 기법만 다를 뿐 논점은 비슷하다는 것이다. 인간의 예술이란 것이 길은 서로 달라도 추구하는 목적은 일치한다는 생각이 들었다. 정원을 가꾸는 일에도 기다려야 하고, 구도를 만들고, 비워 내는 기술이 적용되기 때문이다. 꽃 피기를 기다리고 나무가 자라기를 기다려 줘야 하므로 결국 정원은 기다림이 완성한 작품이라

할 것이다. 시간을 기다리지 않으면 거목이 탄생할 수 없고 비밀의 화원도 형성되지 않는다.

정원사 할머니 타샤 튜더도 "정원은 하룻밤 안에 만들어지는 것이 아니다."라고 했다. 집은 뚝딱 지을 수 있을지 몰라도 정원은 세월의 이끼가 차곡차곡 쌓여야 가능한 일이다. 짧게는 10년, 길게는 30년 이상 가꾸어야 어디에 내놓고 자랑할 수 있다. 이러하기에 성급해하지 않고 세월에 맡기는 것이 정원 문화에서는 반드시 요구된다.

그리고 어떤 구도로 정원을 조성할 것인가도 사진 기술과 다르지 않다. 정원 양식은 동서양이 다르고 고금이 다르며 민족이나 종교에 따라 달리 표현되는 가치이다. 유럽 정원의 대칭과 정형 및 비정형 양식 등을 보더라도 정원은 구도 예술의 영역이다. 그러니까 특정한 구도가 그 정원의 표상이라 해도 틀린 말은 아닐 것이다. 어쩌면 세계 곳곳의 이름난 정원은 구도 미학의 결정판이라 할 수 있다. 구도는 시각적 아름다움을 제공하며 구획을 나누는 공학적 기술이기도 하다.

하지만 그보다 중요한 것은 여백이다. 정원을 다 채우기만 한다 해서 반드시 명작이 되는 건 아니다. 비워 내는 기술, 즉 뺄셈의 미학이 여기에서도 응용되는 것이다. 비우지 않고는 그 어떤 물건도 채울 수 없다. 불필요한 것을 깡그리 치우고 필요 불가결한 것만을 놓아두었다고 생각해 보라. 그대로가 커다란 침묵이다. 충만한 여백을 강조하기 위해서는 망설이지 말고 과감한 생략이 필요하다는 뜻.

자신의 전람회에 아무것도 그리지 않은 빈 캔버스를 전시하고 관객들에게 "비어 있는 캔버스는 가득 찬 것이다."라고 작품 설명을 했던 이는 현대미술가 로버트 라우센버그였다. 불교의 '색즉시공 공즉시색'은 '가득 차 있으나 비어 있고 비었으나 가득 차 있는 것'을 말하는 것인데 이를테면 공간의 묘용을 설명하고 있다. 하늘은 비어 있기에 오히려 가득 찬 것이다.

  "완벽함이란 더 이상 보탤 것이 남아 있지 않을 때가 아니라 더 이상 뺄 것이 없을 때 완성된다."

이것은 생텍쥐페리의 말이다. 사진 예술과 정원 문화뿐 아니라 인생 여행에서도 모두 숙지해야 할 교과서 같은 명언이다.

정원

중독자

이제야 일을 마치고 방으로 들어왔다. 날이 어두워질 때까지 시간 가는 줄 모르고 집중했다. 아마 날만 밝았더라면 정원에서 더 시간을 보내다가 일을 끝냈을 것이다. 이마에 땀은 줄줄 흐르지만 일을 멈추지 못하는 것은 그 나름의 재미가 있기 때문이다. 누가 나에게 정원의 의미를 묻는다면 '유희를 즐기는 공간'이라 답하고 싶다.

하루라도 흙을 가까이하지 않거나 꽃을 바라보지 않으면 불안하고 시큰둥하다. 이런 증세가 지속된다면 그 사람은 정원 중독자에 가깝다. 나 역시 하루도 정원에 나가지 않은 날이 없다. 꽃 보다가 하루 해가 저문다고 해야 하나. 심지어 비가 오더라도 우산을 받치고 정원 식구를 살피며 소일할 때가 많다. 그냥 지나치면 영 개운하질 않다. 어쩌다 바쁜 일로 정원을 외면하고 그날을 마감하면 시간을 허비하고 낭비한 것 같은 기분이 든다. 이러하기에 외출하고 돌아온 날은 늦은 저녁이라도 정원을 한번 둘러보게 된다. 먼저 꽃들에게 귀가 신고부터 하는 것이다.

은퇴를 앞둔 남성들이 전원생활에 몰두하는 것은 부인의 잔소리가 없는 공간을 찾기 위해서라는 우스개도 있다. 하긴 정원 일에 몰두하다 보면 시간도 잊고 세월도 잊는다. 그 어떤 소음도 들리지 않는 나만의 무아지경이 구현되기도 할 것이다. 호미나 전지가위를 들고 일하는 때만큼은 상념 없이 순수해진다. 책상에 앉아 있는 즐거움에 비할 바 아니다.

하루에 한 시간 이상은 흙을 가까이하고 지내야 자연에 대한 의리라는 게 내 생각이다. 지금껏 살아오면서 자연과 얼마나 교감했느냐를 물어보란 뜻. 대부분의 삶의 방식은 시멘트 공간에서 공산품을 만지며 살아왔을 것이다. 그러므로 나이 들어서는 흙을 만지는 비중이 더 높아야 한다. 정원 일로 손톱에 풀물이 들어야 멋진 노후가 된다는 의미이기도 하다.

내 생애에서 이보다 더 충만한 수행이 있을까 싶다. 손가락에 흙이 잔뜩 묻어 있는 날은 건강하고 활기찬 일상에 대한 보람과 긍지를 새삼 느낀다. 내 손톱 밑에 흙이 차서 남 앞에 내놓기 민망할 때도 있지만 이것은 정원 일의 훈장 같은 것이라서 부끄럽지는 않다. 보들보들한 손을 유지하며 우아하게 일하는 가드너는 이 세상에 없다.

근래 들어 나의 수행 방식이나 전법의 수단이 점점 바뀌고 있다. 이제는 법당에서의 묵상이나 강연보다는 정원 가꾸기에 더 신경 쓰는 편이다. 아무래도 종교적 직무보다는 자연적 직무가 좋아서일까. 법당이나 선실보다는 정원에 자꾸 눈길이 가고 그 일에 의지하고 싶다. 어쩌면 미래의 종교나 경전은 정원이 될 확률이 높다. 왜냐하면 정원에서 맑고 투명한 시간을 누리면서 소란한 마음을 다스릴 수 있기 때문이다.

"뜨거운 낮이 지난 후 저녁에 불어오는 산들바람처럼, 사막에서 만나는 우물처럼, 페르시아인들에게 정원은 그런 것이다."

1920년대 페르시아를 여행했던 소설가 비타 색빌웨스트가 했던 말이다. 그때도 그랬지만 지금 시대에도 왜 정원이 필요한가에 대한 답이다. 있어도 그만 없어도 그만이 아니라 삶의 여정에서 꼭 필요한 요소라는 것이다. 힘들게 걷다가도 정원을 발견하면 오아시스를 만난 것처럼 반갑지 않을까. 정원은 박제된 현대의 도시 문명에 사색의 세계를 제공한다. 너 나 할 것 없이 정원에 앉아 있으면 피가 맑아지고 삶의 율동이 부드러워지는 것도 이러한 효과이다. 결국 인류는 자연에 의지하고 그 품에 깃들여야 건강한 생명을 유지할 수 있다. 문명에 오염된 눈과 귀를 씻어 내는 곳은 당연히 숲이며 자연의 손결로 가능할 것이다. 단언컨대 정원은 가장 가까이 있는 자신만의 숲이다. 그러므로 한 평의 땅이라 하더라도 식물을 심고 가꾸어야 심성이 흐려지지 않는다. 남이 가꾼 정원만 구경하지 말고 나의 정원을 직접 만들어 볼 것을 권하고 싶다. 그리하여 더 많은 세상 사람들이 정원 중독자의 대열에 합류했으면 좋겠다.

꽃과 나무와 바람에 기대어

사유의 조각들

불운
하지도

불행
하지도

않다

삼성각 앞뜰을 무대 삼아 봄을 알리던 목련꽃 연희가 끝났
다. 목련꽃이 한창일 때는 한밤에도 눈부셨는데 어제부터 꽃
잎이 툭툭 떨어졌다. 창밖에서 밤비 소리 잦더니 애처롭던
몇 송이마저 이내 다 졌다. 온 열정을 쏟다가 생을 산화한다
는 것이 저런 것일까. 가벼워진 꽃잎들이 바람에 흩어져 이별
을 노래하고 있다.
나는 이번 봄날 그 어느 때보다 행복에 겨워 어쩔 줄 몰라
하고 있다. 꽃샘추위를 이겨 낸 봄꽃들이 얼마나 경이롭고

청초한지 종일 그 앞을 서성이며 감탄의 시간을 보낸다. 어린 아이의 뽀얀 얼굴이 더 귀엽고 앙증스러워 보이듯이 여린 새 순이 돋고 그 가지에서 곱게 피어나는 봄꽃들이 더 사랑스럽다. 막 볼을 꼬집어 주고 싶은 심정이다. 꽃은 쟤네들이 피우는데 괜히 내가 설렌다.

지난겨울 연일 이어진 한파 속에서 꽃망울을 걱정하며 눈 뜨지 않을까 조바심을 쳤는데 무사히 봄소식을 전해 왔다. 때가 되면 자연스레 개화한다는 걸 알면서도 피지 않을까 괜스레 떼를 쓰며 보채기를 반복한 것이다. 이런 사정이 있었기에 봄날 아침이 더 벅차고 감격스러울 수밖에 없다.

겨울이 봄을 막을 수 없고 겨울이 물러나야 봄이 온다 했다. 봄을 이기는 겨울은 없다는 뜻이다. 찬바람이 더 머물고 싶어도 봄기운 앞에서는 요지부동할 수가 없다. 꽃 피어야만 하는 것은 반드시 꽃 피고야 마는 자연의 섭리를 어찌 막으랴. 자연이 신이고 자연이 창조주다. 새봄을 맞이하면서 새삼 배운 공부가 있다면 다음 두 가지다.

너무 기다리지 말 것.
조급해하지도 말 것.

봄날은 참 성실한 성품을 지닌 것 같다. 느릿느릿 방문할 때도 있지만 단 한 차례도 그 순서를 어긴 적 없다. 그리고 자신의 삶에 불평하거나 투정하지 않는다. 그 자리에서 어떤 식이든 뿌리를 내리고 환경에 적응하며 자신의 생을 연주한다. 산림학자들의 말을 빌리면, 나무가 우리에게 주는 혜택이 무려 5만 가지가 넘는단다. 결코 부풀린 말이 아닐 것이다. 숲은 사람 없이 살아갈 수 있으나 사람은 숲의 은혜 없이 살아갈 수 없지 않은가.

이제 우리 정원은 여기저기의 도화들이 개화의 순서를 기다리고 있다. 그 꽃들이 자신의 때를 만나 신비를 드러내면 이곳은 무릉도원의 선경이 될 것이다. 여기뿐만 아니라 우리 강산은 천연색 꽃으로 단장하여 신록의 에너지로 넘쳐날 테다. 그래서 이성선 시인은 '꽃 속에 산이 잠들었다'고 봄날을 스케치했으리라.

    따슨 볕 등에 지고 유마경 읽노라니
    가벼웁게 나는 꽃이 글자를 가리운다
    구태여 꽃 밑 글자를 읽어 무삼 하리오

만해 선사가 「춘추」에 발표한 〈봄날〉이라는 시의 일부다. 꽃피고 꽃 지는 봄날엔 무슨 경전이 필요할까 싶다. 꽃잎을 법석 삼아 자연이 펼치는 화엄 법문에 귀 기울이면 되는 것을.

그래서 고인은 구태여 꽃 밑 글자를 읽어 무엇하겠는가 했을 것이다. 꽃은 불립문자. 말 없이 법을 설하고 문자 없이 진리를 설명하고 있다. 나도 날이 밝으면 벗을 불러 그를 앞세우고 봄날의 장광설 들으러 산책을 나설 생각이다.

어제는 대중들과 함께 봄맞이 준비에 몰두했다. 구석진 곳에 숨어 있는 낙엽을 긁어 내고 이미 말라 버린 구절초와 국화 꽃대를 잘라 주고 자잘한 봄풀도 매어 주니 내 사는 공간이 청결해졌다. 이것이 봄날의 기쁨이며 즐거움이다. 유학 중에 잠깐 들러 일손을 보태던 후배 스님이 "스님 장례식엔 참석 안 해요." 하더라. 살아 있을 때 더 자주 보자는 말이다. 생이 끝난 뒤 장례식에 수십 번 찾아간들 무슨 온정을 나눌 수 있을 것인가. 뭐든 살아 있을 때 서로 교류하며 안부를 전해야 한다. 그것이 생의 의미고 축복이다. 정원 손질도 힘에 부치는 일이지만 살아 있기에 집중하며 의미를 부여하는 것이다.

매일매일 기적을 만납니다. 매일매일 모든 일이 좋아집니다. 오늘도 나의 심장이 뛰고 있고 숨 쉴 수 있음에 감사합니다. 오늘도 두 눈으로 태양을 바라볼 수 있음에 감사합니다. 오늘도 새 아침을 맞이할 수 있음에 감사합니다. 오늘도 축복입니다.

『금강경』 사경 기도를 끝낸 신심 깊은 불자가 작성한 발원문 내용이다. 이 봄날, 이렇게 감사할 수 있으니 어찌 행복하지 않으랴. 결코 나는 불운하지도, 불행하지도 않다. 이미 찬란한 봄날을 맞이했으니까. 이 대지에 봄날의 기운이 찾아와 생명의 교향악을 연주하고 있다. 화가 모네는 '자연과 더 밀접하게 소통하는 것 외에는 아무 소원이 없다.'는 일기를 적었다. 자연에 귀 기울이며 자연과 교제할 수 있다면 그게 생의 환희이다.

단순
하게

살
기

세상에는 다양한 기념일을 선포하고 있는데 '단순함의 날'이 있단다. 오늘 7월 12일이 바로 그날이다. 이날은 헨리 데이비드 소로의 생일을 기념하여 제정한 것으로 『월든』의 작가 소로는 생태주의자로 삶의 단순함을 주창했던 인물이다.

이날은 핸드폰과 노트북 전원 끄기, 소로 책을 읽으며 마음의 양식 쌓기, 숲에서 천천히 산책하기, 햇빛 드는 창가에서 가만히 '멍' 때리기, 자아성찰의 시간 가지기, 불필요한 물건들 버리기 등을 실천해야 한다.

나도 이날을 맞이하여 핸드폰과 노트북 전원을 내리고 너절한 물건을 정리하며 성찰의 시간을 보냈다. 단순함이란 일단 물리적인 구속에서 자유로워져야 가능하다. 주변에 불필요한 것들을 마구 쌓아 놓고 있으면 집중하기 어렵다. 잘 정돈된 공간에서 고준한 생각이 확립되는 것이다. 그러므로 버리고 또 치울 것.

혼자 지내는 공간을 쓸고 정리하고 나면 내 자리를 찾은 듯 그렇게 즐거울 수가 없다. 비로소 고요한 한적의 때가 되는 것이다. 새들도 어디론가 사라지고 노을 타는 저녁의 서정은 그 무엇에 비길 바가 아니다. 이 시간은 그 누구와의 대면도 사절이다. 이런 적막고독은 외로움이 아니라 여백이며 벗이다. 이런 고요를 즐길 줄 아는 이는 번뇌롭지도, 두렵지도 않다. 왜냐하면 그 무엇과도 바꿀 수 없는 단 하나의 침묵을 곁에 두었으니까.

태초의 말씀이 있기 전에 침묵이 있었을 것이다. 진실한 기도와 성찰은 말에 의해서가 아니라 오로지 원초적인 침묵으로 이루어지기 때문이다. 일찍이 헤르만 헤세는 "마음 깊은 곳에 누구도 발 들이지 못할 조용한 오두막을 만들어 두라."는 조언을 했다. 자신만의 오두막을 잊고 살면 타성에 젖어 혼전만전 시간을 흘려보내기 쉽다. 그러니 홀로 자신의 오두막에서 영성을 순화하고 불성을 회복해야 한다. 가끔 외떨어져 혼자 보내는 시간도 좋다.

인간은 혼자 있을 때 시방세계 천지사방의 가르침을 들을 수 있다. 일체 만물이 말 없는 말로써 진리를 설하는데 그것을 무정無情설법이라 말한다. 이른바 나무, 꽃, 구름, 물, 바람 등이 모두 성인의 말씀이라는 것이다. 신의 음성이나 계시가 법당이나 교회당 안에서만 이루어지는 게 아니다.

우리를 일깨우는 성자들은 곳곳에 가득하다. 숲속의 새소리는 날마다 우리에게 말 없는 말로 설교하는 것일 수 있다. 그 어떤 경전보다 앞서 읽어야 할 건 우주의 실상과 생명의 이치를 적어 놓은 천지경天地經의 뜻을 이해하는 것이다.

> 화엄경 펼쳐 놓고 산창을 열면
> 이름 모를 새들 이미 다 읽었다고
> 이 나무 저 나무 사이로 포롱포롱 날고
>
> - 조오현 〈산창을 열면〉 중

이미 저들은 자연의 법문을 다 듣고 있는데 인간들만 그걸 모른다. 라코타족 인디언들이 "우리는 성경 대신 바람과 비와 별들의 말을 듣습니다. 우리에게 세상은 펼쳐져 있는 경전입니다. 우리는 수백 년 동안이나 그것을 읽으며 공부하고 있습니다."라고 하는 대화를 들었다.

이러므로 사계절은 아주 가까이 있는 천지경이다. 그러니까 무정설법을 이미 하고 있다는 것이다. 사람이 말하는 유정有情 설법은 어디에나 차고 넘치는 시대이므로 이젠 무정설법을 들어야 할 때. 그러므로 단순해진다는 것은 사람의 글을 읽지 말고 자연의 글을 읽으란 뜻이다.

> 첩첩 싸인 푸른 산은 부처님의 도량이요
> 맑은 하늘 흰 구름은 부처님의 발자취며
> 뭇 생명의 노랫소리 부처님의 설법이고
> 대자연의 고요함은 부처님의 마음이네.
>
> - 법요집 〈무상법문〉 중

그러니까 신의 존재가 법당 안에서만 구원하는 것이 아닐 것이다. 두두물물 산하대지가 제법 천신이 상주하는 신성의 장소다.

세상에는 세 가지의 스승이 있다. 첫째는 책이다. 물론 여러 종교의 경전도 여기에 들어간다. 늘 우리에게 밝은 길을 열어주며 삶을 겸손하게 만들고 있다. 둘째는 사람이다. 여기에는 나를 힘들게 하는 역행보살도 있고 나를 도와주는 순행보살도 존재한다. 어느 쪽이 됐든 사람은 언제나 가장 큰 스승이다. 셋째는 천지만물이다. 하늘, 땅, 산, 바다, 모든 식물, 동물

등 말이 없어 듣기 어렵지만 가장 높은 스승이다. 그러기에 자연보다 위대한 스승은 없다.

인간이 만든 편리한 도구에서 벗어나 자연에 의지하며 무정 설법을 듣는 일, 그것이 내가 바라는 단순한 삶의 시작이다.

행복

　　수신

　　지역

농기구 창고에 보관했던 쟁반형 안테나를 폐기하자니 아까워서 어찌할까 궁리하다가 표면에 글자를 적어 가로등에 걸었다.

　‘행복 수신 지역’

영상전파를 수신하던 것에 착안하여 행복 주파수를 수신할 수 있는 지역이라 이름한 것이다. 행복은 주파수를 맞추고 수신해야 가능한 영역이기에 그렇게 적은 것이다. 왜냐하면 행복은 어디서 빌려오거나 대신해 주는 것이 아니기 때문이다. 마음을 열고 관심을 주어야 행복은 수신할 수 있다. 행복에 대한 잠언들이 수없이 많으나 그것을 종합해 보면 행복은 구하는 것이 아니라 이미 있는 것을 알아차리라는 당부다. 자신에게 구비되어 있는 행복의 조건들을 들여다봐야 한다는 의미인데 밖에서 찾지 말라는 뜻이기도 하다.

내 안의 행복을 모르면 밖에서 아무리 구해도 찾을 수 없다. 따라서 행복 충전과 행복 수신은 내가 직접 주파수를 조절해야 하는 법이다. 이미 있는 것에 만족하면 행복한 사람이지만 없는 것에 목말라하면 그는 불행한 사람. 그래서 여기의 공간을 '행복 수신 지역'이라 지정한 것이다.

"응달에 사는 토끼는 겨울에 굶지 않지만 양지에 사는 토끼는 겨울에 굶고 산다."는 말이 있다. 양지에 사는데 왜 굶주릴까? 응달의 토끼는 이른 봄 양지에서 새순이 돋아나면 그것을 먹으러 간단다. 그러나 양지의 토끼는 응달의 언덕만 바라보고 있으므로 자기 땅의 새순을 발견하지 못한다는 것이다. 즉 자기 조건과 자기 행복을 코앞에 두고 모르는 셈이다.

우리도 남의 행복이 더 크게 보이기도 할 것이다. 그러나 그 사람에게 없는 나만의 행복 조건이 하나쯤은 있다. 고질적인 허리 병으로 고생하는 동은 스님에게 음식 투정하지 않는 식성을 칭찬하며 "스님은 뭐든 잘 먹으니 그건 다행"이라 했더니 "잘 못 먹어도 되니까 스님처럼 허리 튼튼했으면 좋겠다." 하여 서로 웃었다. 이같이 내가 가지지 못한 것을 부러워하고 그것을 가졌을 때 우리는 행복이 채워진다 생각하는 버릇이 있다.

어쩌면 내가 가진 지금의 조건이 가장 완벽한 행복의 요소일지도 모르겠다. 넘치는 것보다 조금 부족한 게 좋다. 다 채우려 하니까 늘 부족하다. 사람이 틈이 있어야 인간적이듯 너무 완벽하면 재미없는 것과 마찬가지다. 부족한 사람에겐 천 원도 고맙지만 그렇지 않으면 만 원을 주어도 고마워하지 않을 것이다.

동서고금의 행복 법칙을 요약해 보면 다음 세 가지다.

하나, 불행의 요소를 없앤다.
둘, 행복의 요소를 키워 가고 확장한다.
셋, 행복도 불행도 내가 만들어 가는 것이다.

우리 속담에 "호랑이도 제 말 하면 온다."는 말이 있듯이, 행복을 말하면 행복이 가까이 올지 모른다. 그 행복의 주체는 어디까지나 자기 자신이라는 것을 잊지 말아야 가능하다. 행복의 작품은 내가 만들어 가는 것이므로, 남의 시선이나 평가에 내 행복을 저당잡히지 말고 하고픈 일은 미루지 말고 실행하자. 이쯤에서 막연하게 참고 견딘다고 해서 행복해지는 건 아니기 때문에 싫고 불편한 것부터 정리하는 수행이 필요하다.

베스트 셀러 『누가 내 치즈를 옮겼을까?』의 작가 스펜서 존슨은 "필요한 것은 하고, 원하는 것은 하지 마라."는 말을 했다. 즉 필요로 하는 것과 원하는 것이 분명 다르다는 것이다. 필요하다는 것은 없어서는 안 될 것이고, 원하는 것은 욕심의 산물이다. 흔히 말하는 무소유가 바로 이런 논리다. 무소유는 아무것도 가지지 말라는 것이 아니라 필요와 불필요의 기준이다. 왜 이런 말을 하느냐면, 행복의 조건은 필요한 것을 얼마나 가졌나에 있지 않고 불필요한 것으로부터 얼마나 자유로운가에 있다는 걸 강조하기 위해서다.

여기에 가끔 오시는 시인 지망생 할아버지가 "작은 눈으로 보니 행복이 보이고, 큰 눈으로 보니 행복이 보이지 않더라."는 말씀을 하시면서 당신 며느리가 슬슬 미워지고 마음에 들지 않을 때 작은 눈으로 바라보니 그것도 고맙더라는 것이다. 작은 눈으로 본다는 건 너무 큰 기대나 보답을 바라지 않는다는 의미. 그게 인생에 달관한 촌로의 행복 비결일 수 있겠다 싶었다.

집 안에 있는 달콤한 복숭아는 모른 체하고
쓴 돌배 따러 온 산천을 헤매고 있구나.

퇴계 선생이 근본 공부를 소홀히 하는 손자에게 했던 말이
다. 행복을 곁에 두고 싶다면, 자신 주변에 있는 행복의 요소
를 알아차리는 것이 먼저다. 어느 절에 갔더니 참나리처럼 생
긴 꽃이 눈에 들어 이름을 물었더니 범부채. 집에 돌아와 정
원을 산책하는데 그 꽃이 내 눈에 보였다. 우리 정원에도 있
었는데 남의 정원에만 관심 있으니 그 꽃을 무심히 본 것이
다. 나이 먹을수록 행복의 조건들이 내 가까이 있다는 걸 자
주 실감한다.

오래된
것은

더   오래되게

어제 도반 만나러 팔공산을 갔다가 그 산중에 깃들여 있는 백흥암을 순례하고 왔는데, 그곳에는 멈춘 시간이 들려주는 가슴 따뜻한 위로가 있었다. 노송이 굽어진 산길 끝에 꼭 꼭 숨어 있는 천년 암자. 그곳은 침이 마르도록 칭찬해도 과하지 않을 만큼 내 맘에 쏙 드는 절집이다. 몇 년 만의 발길이었으나 고졸한 그 얼굴이라 반가웠다. 단청이 바래 목질이 다 드러난 그 고태가 오히려 암자를 반짝반짝 빛나게 해 주었다.

켜켜이 쌓인 세월의 흔적이 역사로 남아 있는 곳, 마치 타임 머신을 타고 옛 시절로 귀환한 느낌이 드는 곳, 늘 쓸고 닦아 안팎이 투명한 곳, 꽃밭이 말갛고 단정한 곳. 이러한 이유만으로도 '곱게 잘 늙은 절'로 손꼽을 만하다. 급변하는 조류에 항거하듯 옛것 그대로의 구조로 남겨 둔 게 참 고맙다. 불편을 개선한다는 이유로 현대식 유리문을 달거나 격에 맞지 않는 부재로 차양을 만들기 일쑤인데 그곳은 댓돌 하나 툇마루 한 짝도 고인이 남긴 그대로였다. 이는 소임자의 높은 안목과 역사 인식이 철저할 때 가능한 일이다. 그래서 이런 암자는 평가점수가 우수할 수밖에 없다.

지금껏 이 암자가 꾸밈없는 반듯한 모습으로 남아 있다는 게 큰 위안이다. 오히려 돈을 들여 손을 대지 않아 더 찬란한 절이다. 불사라는 이름으로 잘못 건드리면 고찰의 표정을 망치거나 풍파의 역사가 다 사라지는 경우가 많다. 오래되고 낡았으나 더욱 눈부신 것은 그 속에 사는 수행승들이 늘 관리하고 보존한 덕분이다. 지금도 비구니 납승衲僧들이 방문을 닫아 걸고 화두 삼매에 매진하는 청정 수행도량으로 유지하니 어찌 기쁘지 않으랴. 요즘 어느 곳이든 지닌 것이 풍족해서 넘쳐나고 있는데 고풍의 미덕을 잘 지켜 주어서 더 감사한 일이다.

오래된 요사 앞에서 청소하고 있는 노스님을 만났다. 노승과 고찰은 참 조화로운 그림이다. 노스님의 주름이 깊어지는 그 세월 동안 도량을 잘 수호해 주어서 눈물 난다고 인사했다. 땅을 넓히고 건물을 새로 짓는 것만이 반듯한 불사가 아니다. 먼 시대의 슬기와 숨결을 그대로 보전하는 것은 더 큰 의미의 불사다. 옛 문화를 그대로 계승하는 최고의 비법은 세월을 단절하지 않는 것이다. 중국은 문화혁명의 혼란 속에 많은 사찰이 불타고 망가져 근래에 서둘러 재건하고 있지만, 그곳엔 고찰의 향기가 영 없다. 새 절엔 세월의 먼지가 스며들 틈이 없기 때문이다.

천안의 어느 암자에서 '적진당積塵堂'이란 편액을 보았는데 '먼지가 쌓이는 곳'이라는 그 뜻이 언뜻 풀리지 않았다. 보통 먼지를 깨끗이 털어 내는 게 상식일 텐데 액면 그대로 해석해서는 안 될 것 같았다. 나는 마당에 낙엽 한 장 있는 게 싫어서 하나하나 줍는 처지인데 먼지를 쌓이게 한다니 이 무슨 모순인가. 아무리 생각해 봐도 반전이 있는 법문일 것 같아 다시 찾아가 나의 궁금증을 고백했더니 '묵은 먼지 쌓여 있어도 그것을 날려 버리지 않을 만큼의 거룩한 고요'를 담고 있는 이름이라 했다. 먼지 하나 날리지 않는 고요한 산사. 이를테면 적정의 세계로 인도하는 태초의 성스러운 신비와 침묵을 말하는 것이었다.

어쩌면 세월의 먼지일지도 모르겠다. 세월의 먼지는 역사가 되고 전통이 되는 것이므로 결코 쓸어 낼 수 없다. 그러니 그 많은 시간 속에서 차곡차곡 쌓이는 먼지일 것이다. 결코 하루아침에 만들어진 역사는 없다. 세월의 먼지가 그 민족의 문화가 되고 정신으로 형성되는 것이다.

나는 한때 '곱게 잘 늙은 절'이란 주제를 정해 여러 지역을 순례한 적이 있다. 그런데 아쉬운 것은 곱게 나이 든 고찰이 몇 군데 없다는 사실이다. 중창 불사와 복원 불사의 손길에 의해 고고한 자태가 대부분 달라졌다. 옛 사진에서 보았던 퇴락한 절은 이제 없다. 이끼 긴 담장은 새롭게 정비되었고 고색의 건물은 신형 목재로 교체된 곳이 많다. 그런데 세월의 먼지를 털어 내더라도 과거와 현재를 연결할 수 있어야 모범 불사다. 이런 점에서 묵은 당우를 헐고 신축한 절보다 썩은 목재만 덜어 내고 부분 보수한 암자를 만나면 여운이 오래 남는다. 건물이 품고 있는 세월의 역사를 단절하지 않고 원형을 잘 보존했기 때문이다.

"오래된 것은 금金이다."라는 말이 있다. 오래된 것일수록 누구도 모를 값진 가치가 있는 것이다. 건축가 승효상은 "건축은 건축가가 완성하는 게 아니라 그 속에서 이뤄지는 삶에 의해 완성된다."고 말했다. 완성된 건물에 영혼과 정신을 깃들게 하는 건 결국 사람의 일이라는 것이다. 누가 뭐래도 그 도량에 몸담아 사는 사람들의 질서와 양식이 그 가풍을 만들며 이루어 가는 것이다. 결국 사람이 건물을 화려하게 빛낼 수 있고 누추하게 만들 수도 있다.

잘 늙는다는 것은 주름 그대로, 세월의 먼지 그대로를 켜켜이 쌓아 두는 일이다. 주름과 먼지를 걷어 내고 성형하거나 덧칠을 하면 그 맛이 없어진다. 때론 소박하고 보잘것없는 것이 더 멋지고 쓸모 있다. 옛집에 거주하는 스님네는 생활이 좀 불편하고 관리가 성가실지라도 옛것 그대로 보존할 것을 부탁하고 싶다. 왜냐하면 등 휘고 주름진 그 풍경이 오히려 진가를 더 발휘하는 유산이 될 확률이 높기 때문이다. 시간의 파도에 닳은 무늬는 아름답다. 오래된 것은 더 오래되게 지켜야 한다.

힘들면

힘내지
마라

아침 산책길에서 꽃무릇을 만났다. 영산홍 숲에 가려져 있어서 걸음을 멈추어야 그 순수한 얼굴과 마주할 수 있다. 올여름 그렇게 무더웠는데 별 탈 없이 계절을 알려 주는구나 싶어 반가웠다. 여기의 꽃무릇은 아주 오래전 잠시 머물다 간 어느 스님이 알뿌리를 주문하여 심어 놓은 것이다. 그때의 사람은 떠났어도 해마다 꽃은 피어 그의 안부를 물어 오고 있다.

우리는 각자에게 주어진 '한때'를 열심히 살아야 할 의무가 있다. 꽃이 그 한때를 위해 최선을 다하듯 우리도 그렇게 나에게 주어진 시간을 외면하면 안 되는 것이다. 삶의 과정에서는 과거도 미래도 그 때가 아니다. 그것은 지나간 한때이며 아직 오지 않은 한때이다. 지금이 진정 누려야 할 그 한때인 것이다.

일전에 퇴직을 앞둔 상담자와 대화를 나누면서 행복의 가치가 높아지려면 다음 세 가지를 유념하라 조언했다. 그이에게 그때는 일할 때였고 지금은 퇴직한 때다, 그 사실을 인정하며 과거에 매이지 말고 마음이 또한 미래에 가 있어도 안 된다, 오로지 지금의 상황을 인정하라 말했다.

첫째, 남의 눈치 그만 볼 것.
둘째, 인정받으려 하지 말 것.
셋째, 의무감에서 해방될 것.

남의 시선을 지나치게 의식하는 사람은 자기 행복이 줄어들 소지가 크다. 너무 타인에게 신경 쓰다 보면 내면의 뜰이 빈약하기 마련이다. 이런 삶은 남의 인생과 나의 인생을 비교하는 습관으로 발전할 수 있기에 경계해야 한다. 내 인생은 나의 것, 결코 비교 대상이 될 수 없다. 나만의 정원을 잘 가꾸면 되는 것이다. 그 어떤 삶이든 남들과 비교하면 불행해진다는 것은 불변의 진리다.

알베르 카뮈도 "행복해지고 싶다면 주변 사람들에게 너무 신경 쓰지 말아야 한다."는 대화록을 남겼다. 주변 인연을 너무 의식하지 말고 거기에 기대지도 말아야 한다. 적어도 예순을 넘기면 더 그래야 한다. 그런 일로 남아 있는 시간을 허비할 필요가 없기 때문이다.

그리고 인정욕구에서 좀 벗어나자는 것이다. 이제껏 살아오면서 부모와 자식들에게 인정받기 위해 최선을 다했다. 그리고 친정, 시댁, 직장, 동료 할 것 없이 그 역할에도 충실했다. 때론 귀찮고 힘들어도 내색하지 않고 인정받기 위해 애썼다. 그래서 이제부터는 인정받으려 하지 말라는 것은 자기 자신을 스스로 대견하다고 인정해 주라는 뜻이다. 남들로부터 인정받는 것은 저급한 것이고 스스로 자신을 인정할 줄 아는 것이 고귀한 태도다. 인생은 어차피 완벽한 존재가 아니다. 지금은 좀 못나고 부족해도 괜찮다. 그러기에 만점짜리 인간이 되려고 너무 애쓰지 말고, 때론 서툴고 모질다는 소리도 즐길 수 있어야 한다.

우리 절 입구에 다음과 같은 글귀를 적어 놓았다.

"힘들면 힘내지 마요. 그래두 돼요."

이제는 힘들 때 괜히 자신에게 힘내라고 주문하지 마시라. 좀 느릿느릿 쉬어 가도 되는 나이다. 의무감에서 해방되라는 것도 이 같은 맥락이다. 내가 없으면 안 된다, 내 손길이 꼭 필요하다는 강박관념에서 벗어날 때 나의 여백과 마주할 수 있다. 무한한 책임감에서 한 발짝 물러날 필요가 있다는 뜻. 내가 아니어도 성장한 자식들은 충분히 행복할 수 있다.

노년의 내 행복을 자식에게 저당 잡히지 말라. 나이 든 부모가 다 해 줄 수는 없지 않은가. 이제는 슈퍼맨이나 원더우먼이 될 때가 아니고 등대가 되고 등불이 되어 줄 시기다. 멀리 있는 자식들이 힘들 때 어깨를 내어 주고, 집으로 오는 길이 낯설지 않도록 불을 밝히고 기다려 주면 되는 것이다. 여러 가지 이름표를 더 달지 않아도 되므로, 책임의 무게를 하나하나 줄여 갈 때 삶의 보폭도 가벼워질 수 있다.

지금껏 인생길을 걸어온다고 모두 수고했다. 삶의 길이 내리막이냐 오르막이냐는 중요하지 않다. 결국 등짐이 문제다. 그 짐이 삶을 무겁게 했다. 이제는 꽃 짐도 지지 말라. 엄밀히 말해 그것도 짐이기 때문이다. 그러므로 스스로 격려하면서 홀가분하게 중년 이후의 삶과 마주하면 좋을 것이다.

바람 소리인가
물 소리인가 했더니

어느 노부부의 정원에서 읽은 글귀다. 팔순이 넘은 노인에
게 공양 대접을 했더니 "세상에 맛난 게 없어요. 세상에 즐
거운 것도 없어요."라고 했다. 몸은 아프고 입맛이 까칠하니
그도 그럴 것이다. 지친 노구를 이끌고 걸어 다니는 일만 해
도 버거울 테니까. 그러므로 지금 맛나게 먹고, 즐거운 일이
기다리고, 좋은 사람이 옆에 있다는 건 무척 다행한 일이다.
우리 인생의 마지막은 '독고獨孤 다이die', 결국 홀로 떠나는 여
정이다. 누가 그 일을 대신해 줄 수 없다. 그러니 내게 주어진
노년마저 다른 일에 시간을 뺏기지 말아야 한다. 퇴직 이후
에도 자식 걱정으로 밤을 지새우는 분들이 안쓰러워 그들을
응원하고자 내 생각을 주저리주저리 정리해 보았다. 훈계나
충고가 아니니 오해는 마시길.

주인은

나무를
닮는다

경남 사천 다솔사에 갔더니 만해萬海 선사가 회갑년을 맞이
하여 기념식수한 편백나무 세 그루가 있었다. 성성한 잎을 자
랑하며 우람하게 서 있는 그 나무 아래에서 세월을 세어 보
니 무려 90년 가까운 시간을 독경 소리 들으며 그 자리를 지
켰다. 인물은 세상을 떠나도 나무는 남아 그 사람의 삶과 역
사를 증명하는 것이다. 그곳엔 최범술, 김범부, 김동리, 만해
등 당대의 지식인들이 머물며 조국의 독립과 민중 계몽에 앞
장섰던 자취가 남아 있다. 김동리의 대표작 〈등신불〉의 초안

이 그 절 안심료에 머물 때 구상되었다니 놀라운 일이다. 근래에 다솔사는 중창을 거듭하여 조금씩 달라졌으나 그 나무는 지금껏 남아 기념식수에 참여한 사연을 말해 주고 있다. 그게 나무의 정신이며 역할일 것이다. 법당보다 그 나무 곁에 더 오래 머물다 왔다.

그날 길을 나선 김에 와불로 유명한 사원 한 곳을 더 방문했다. 아주 오래전 초창初創할 때 들렀던 기억이 있는데 그 사이에 대단한 위용을 자랑하는 대찰이 되어 있었다. 그 골짜기에 대형 건물이 들어서고 전각이 즐비했으나 내 관심사는 오로지 그곳의 조경 솜씨를 흥미롭게 보는 일이었다. 나무는 돈이 많다고 후딱 키울 수 있는 대상이 아니다. 어디까지나 세월의 강을 건너야 그 값을 하기에 더욱 그렇다.

그 사찰엔 잘생기고 탐나는 자연석과 오랜 수형을 지닌 다양한 정원수로 조경을 완비했는데 잘 다듬어진 키 높은 향나무 종류가 유독 많아 주인의 각별한 취향이 짐작되었다. 아무래도 각각의 정원에는 그 집에 깃들여 사는 사람들의 나무 선호가 곳곳에 반영되기 마련이다. 제주의 동백 정원처럼 주인이 아끼며 사랑했던 묘목들이 종래엔 거대한 수목원이 되어 명소가 된 경우가 많다. 그래서 어디를 가 보아도 그 정원엔 주인이 애정 쏟는 수종들이 꼭 있다.

어느 해엔 천안 산중에 겹벚꽃 명소가 있다는 소문을 듣고 봄날을 기다렸다가 찾아갔다. 과연 절 입구부터 벚꽃이 도열했고 법당 주위 사방 천지가 온통 그 나무로 장엄되어 있었다. 그야말로 벚꽃 천지라 이름할 수 있을 정도였다. 그 꽃 피고 지는 때가 되면 그 풍경이 아까워 노스님은 절 밖엔 나가지 않고 숲에서 시간을 보낸다 했다. 가히 겹벚나무 사랑이 남달리 지극한 것을 확인하고 왔다. 자신의 공간에 자기가 좋아하는 꽃을 군락으로 심고 감상하는 것도 격조 있는 삶이라는 생각이 들었다.

가만히 들여다보면 그 사람의 성격과 개성 따라 나무를 심고 관리한다 할 수 있겠다. 어떤 이는 둥글게 전지하는가 하면, 어떤 이는 네모지게 만들기도 한다. 그런가 하면 침엽수를 좋아하는 이가 있는 반면에 활엽수를 즐기는 이들이 있으며, 심지어는 돌이 나무보다 더 많은 곳도 있다. 성격이 불같은 사람의 집을 방문해 보면 로켓처럼 하늘로 직립해 있는 나무들이 많다. 그런 이는 이런저런 일에 잘 부딪치거나 자신과 상대의 실수를 용납 못한다. 그러니까 나무의 모양에 따라 사람의 성격도 표현되는 것이다.

유럽에서 몇몇 학자들이 모여 히틀러의 정원을 구경했다고 한다. 그의 스타일을 헤아려 보기 위해서였다. 과연 그 집엔 칼끝처럼 날카롭게 조형된 정원수들이 많고 곡선보다 직선을 선호하는 것을 보며, 저 사람은 곧 전쟁을 일으킬 인물이었다고 논평했다. 수많은 정적을 숙청했던 스탈린의 정원도 이와 유사했단다. 이런 경우의 사람들은 성격이 거칠고 과격한 것이 특징이다. 정원에는 그 사람의 성품과 더불어 평소의 가치관도 녹아 있는 셈이다. 그 사람의 성격을 알려면 정원을 보라는 격언도 있다. 이렇듯 정원에는 그의 철학과 사고 등이 함축되어 있다.

제주도에 별장을 짓고 20여 년을 정원 가꾸기에 전념하고 있는 지인이 조경 전문가를 초대하여 자신의 앞뜰을 보여 주며 조언을 부탁했단다. 그때 "이곳엔 날카롭고 뾰족한 수종이 지나치게 많습니다. 수직과 수평이 서로 어우러져 있어야 편한 정원입니다."라는 전문가의 말에 현관 앞 줄지어 서 있는 소철나무를 옮겼다고 했다. 이를테면 완고하고 원칙적인 자신의 성격을 보완한 것이다.

나무 모양으로 알아보는 성격 테스트를 해 보니, 나는 둥글둥글 스타일로 나왔다. 어느 스님이 여기 정원을 감상한 후 내 성격을 정확히 추리해 내어 놀랐다. 자신도 모르게 그 취향과 고집이 정원에 스며 있어 그랬을 것이다. 우리 정원엔 끝이 뾰족한 나무는 별로 없다. 올해 문그로우를 몇 주 구해 왔는데, 산사와 크게 어울리지 않는 품종이지만 너무 둥근 나무만 있는 것 같아 균형을 조절하기 위함이다. 이를테면 대칭과 비대칭의 적절한 조합이다.

옛 선비들은 사군자를 정원으로 들여와 벗으로 삼았다. 강인함과 유연함을 배우고 포용과 상생의 원칙을 잊지 않기 위해서였다. 소나무와 대나무만 가득하다면 그 정원의 주인은 지조와 절개가 대쪽 같아서 사람들과 동화되지 못하고 독야청정할 수 있기 때문이다. 뭐든 서로의 단점을 보완해 주고 배경이 되어 줄 때 과하거나 식상하지 않다.

감사의
분량이

행복의
분량이다

아주 오래전 인도여행 때의 일이다.

골목 어귀에서 기념품을 팔고 있는 노인을 만났다. 내가 소품 몇 개를 고른 뒤 깎아 달라는 눈빛을 두어 번 보냈더니 노인이 이렇게 말했다.

"그렇게 자꾸 깎으면 당신은 행복하냐?"

그 말에 흥정을 그만두고 물건값을 건넸다. 나는 깎는 재미만 알았을 뿐, 그 노인이 남길 행복을 미처 생각지 못했다. 당신이 자꾸 깎아 달라 하면 내 행복은 없다는 뜻이었다. 이를테면 '깎는 행복, 남기는 행복'의 공식을 말한 것이다. 나는 깎아서 좋고 저쪽은 남겨서 좋은 행복. 그런데 너무 지나치게 흥정을 붙이면 그 조율이 깨진다. 무엇보다 물건 내놓는 쪽에서는 남기는 재미를 못 본다. 그래서 불교 율장에는 물건을 흥정하거나 그 값을 깎지 말라는 규율이 있다. 상대방에게 남기는 행복을 주어야 한다는 이유에서다.

서로가 적당한 가격에서 절충하여야 상호 간의 행복지수가 동일점이 되긴 하나, 아무래도 깎는 행복보다 남기는 행복 쪽으로 양보하는 게 두고두고 기분은 좋다. 여행지에서 끈질기게 따라붙는 행상들을 아주 매정하게 물리치면 실망하며 터덜터덜 돌아서던 그들의 표정이 오래 지워지지 않는다. 수행자로서 너무 박절하게 흥정하는 건 자비심이라 할 수 없다. 정가 표시제가 아닌 다음에야 원가를 정확히 알 수 없으나 내 맘에 들면 그 가치를 인정하고 아끼지 말고 값을 치르면 되는 것이다.

어쩌면 지금 내가 누리는 행복 뒤엔 누군가 자신의 행복을 양보한 것이 자리하는지도 모른다. 다시 말해 지금의 내 행복이 남의 불행을 담보로 하여 이룩된 것이라면 순리에 어긋난다는 것이다. 남의 눈물과 슬픔을 디딤돌 삼아 형성한 재산과 명예는 온전하지 못하다. 내가 지닌 행복의 조건들이 타인의 눈과 귀를 속인 결과라면 곤란하다. 그래서 자잘한 행복을 오래 지니고 싶으면 내가 조금 손해 본다는 마음이 있어야 가능하다.

'행복을 위한 최선의 방법은 무엇일까?'라는 질문에 달라이 라마는 "타인에게 더 친절하고 관용을 베푸는 것"이라고 했다. 오늘 밤에 죽을 수 있다는 생각이 들면 베풀 기회도 그리 많지 않은 것이다. 정약용은 열복熱福과 청복清福을 이야기했다. 재산이나 권세를 얻어 기뻐하는 것은 열복이며, 검약하고 청빈하여 남을 도울 때 느끼는 기쁨은 청복이라 정의했다. 열복은 언젠가는 무너지거나 없어지는 행복이다. 그러나 청복은 유효기한이 없는 공덕이므로 결국 청복이 진정한 행복의 길인지도 모르겠다. 돈과 명예가 없을지라도 맑은 샘물에 발을 씻고 소나무에 기대어 시를 읊을 수 있다면 그 또한 맑은 행복일 것이다.

송광사 성보박물관에 『백열록柏悅錄』이란 책이 있다. 금명보정 스님이 대둔사에 머물면서 편집하였는데 책 제목은 '송무백열松茂柏悅'이라는 말에서 가져온 것으로, 글자 그대로 풀면 '소나무가 무성하니 잣나무가 기뻐한다.'는 의미다. 거기엔 '벗이 출세하니 나도 기분 좋다.'는 속뜻을 담고 있다. 네가 잘되니 나도 좋다는 것은, 곧 네 행복이 내 행복이라는 공식이다. 이게 행복 나눔의 교본 아닐까. 이를테면 불교에서 말하는 동체대비 정신이다. 흔히 남이 잘되면 배 아프고 남 못되면 기뻐하는 심리와 다른 방식이다.

인도의 시성 타고르는 "감사의 분량이 행복의 분량이다."라는 명언을 남겼다. 감사가 사라진다면 이 세상의 길은 광야와 다를 바 없다. 그래서 이태규 시인은 "감사하지 않으면 봄이 와도 꽃이 피지 않는다." 했을 것이다. 내가 행복해야 꽃이 눈에 들어오고 꽃놀이도 해 보고 싶다. 그러나 감사에 인색하다면 그 사람은 꽃이 피어도 안색이 환해지지 않을 것이다.

누구나 살아 있기에 감사하다는 인사를 할 수 있다. 고인들의 말을 빌리지 않더라도 감사할 수 있다면 행복한 인생이다. 나폴레옹은 말년에 "내 인생에서 행복한 날은 엿새도 되지 않았다."고 토로했다. 왜 그랬을까. 그 넓은 제국을 제패하고도 만족스럽지 않았기 때문이다. 지금의 처지에 감사하지 않고 땅 한 평을 더 차지하려 했다. 감사를 모르면 결국 불행한 상황으로 전개될 확률이 높다.

올해부터 '감사일기'를 쓰고 있는데, 글로 새겨 보니 감사할 일이 참 많더라. 햇빛도 감사, 공기도 감사, 바람도 감사, 달빛도 감사할 일이고, 꽃도 나무도 감사할 대상이며, 날마다 맞이하는 아침과 저녁도 감사하다. 지저귀는 새소리, 동물 소리도 고맙다. 심지어 이별도 감사하다. 왜? 그 아픔을 알게 해주었으니까. 상처도 고맙다. 왜? 하심과 겸손을 알게 해 주었으니까. 실패도 고맙다. 왜? 시련을 알게 해 주었으니까. 이렇게 따지면 세상이 다 고맙다. 이렇게 주변엔 고마운 것들로 채워져 있는데 무엇이 불만인가.

불평이 많으면 그때부턴 감사가 적어진다. 만족하지 못하는 삶은 그 인생에서 감사의 단어가 생략될지 모른다. 감사의 어원은 '존경, 존귀'의 뜻을 지니고 있으며 고대인에게 공경의 대상은 '신神'이었을 것이다. 그렇다면 감사의 마음은 세상의 모든 신들이 도와주고 있다는 사실을 인식할 때 가능하다. 공기 없이는 단 5분도 버틸 수 없는데 이 또한 우주의 은총이 아니고 무엇이랴. 헤아려 보면 이 세상은 고마운 일투성이다. 그러기에 감사라는 말을 평생 입에 달고 살아도 모자랄 판이다. 오늘 얼마나 감사한가! 그 분량을 헤아려 보라.

오늘의
낙엽은

어제의　　　그 낙엽이
　　　　　　아니다

감기 중세로 며칠간 일을 멈추고 쉬었다. 가을을 갈무리하고
월동준비 하는 일로 오며 가며 힘을 썼더니 그만 탈이 난 것
이다. 법당 뒤 밀식된 은행나무를 솎아 내고 그 주변을 정리
하는 일로 여러 날 찬바람을 쐰 것이 무리였나 보다. 이런 중
세가 오면 일이 산더미처럼 쌓였더라도 무조건 쉬는 수밖에
없다. 그건 몸이 우리에게 휴식을 요구하는 신호인데 무시하
면 리듬이 망가지고 더 큰 병이 생길 수 있다. 이를테면 우리
몸의 '부하 방지 시스템'이 작동하는 것이다. 이럴 땐 만사 제

치고 기운을 추스르며 토닥토닥 안아 주는 게 몸에 대한 예의다.

이런 사정으로 며칠 손 놓고 있는 바람에 밀린 작업이 많다. 국화밭을 뒤집어 놓은 땅엔 목수국을 심겠다며 나무까지 구해 놓고도 아직 못하고 있다. 또한 잎이 말라 버린 구절초를 잘라 주다가 절반을 남겨 놓았는데 그것도 마저 진행해야 한다. 아파 누워 있는 동안에 미처 실내로 들여놓지 못한 화초들은 첫서리를 맞아 잎이 다 얼었다. 아프지만 않았으면 어린 감나무와 배롱나무에도 벌써 보온을 해 주었을 텐데 올해는 늦었다. 아, 튤립 구근도 심어야 하는구나.

그때그때 할 일이 있는데 미루게 되면 이렇게 뒤죽박죽이 된다. 오늘은 몸이 좀 가벼워져서 작정하고 가을 낙엽을 정리했다. 연거푸 바람이 요란스럽게 불더니 잎을 죄다 몰아 놓았다. 그새 은행나무와 감나무는 잎이 다 떨어져 빈 몸이 되었는지라 그 낙엽들이 굴러다니다가 구석구석 쌓여 있다. 계절 가릴 것 없이 마당은 늘 정갈해야 한다는 게 나의 철학.

날은 차고 바람은 부는데 마당마저 어지럽다면 이래저래 스산할 것이다. 이 꼴을 용납할 수 없기에 몸이 크게 아프지 않는다면 매일 쓸고 정리하는 게 나의 본분이다. 아마 수시로 비질을 하지 않았다면 사람 다니는 길도 낙엽에 묻혀 구분하지 못했을 것이다. 그래서 내 사는 공간은 어느 때나 맑고 단정한 표정을 지니고 싶다.

어떤 이들은 낙엽이 있어야 좋은데 왜 매일 쓸어 버리느냐 반문하기도 한다. 저마다 성격과 취향이 다르기에 낙엽에 대한 소회와 반응도 각각일 수밖에 없는 모양이다. 단풍 구경꾼의 낙엽 예찬은 촉촉한 감성이지만 언제 치워도 치워야 할 나의 처지에서는 별로 다정스럽지 않다.

> 낙엽을 쓸어 내는 게 옳지는 않네
> 맑은 밤 그 소리 참 듣기 좋다네
> 바람이 불면 우수수 소리 내고
> 달이 떠오르면 그림자 흩날린다.

매월 김시습의 〈낙엽〉이란 글이다. 인적 뜸한 적적한 산중 암자라면 낙엽 지는 소리도 가을 서정이겠으나 내 처소에선 낙엽 구르는 소리가 그리 유쾌하지 않다. 평소의 내 성미는 유연한 편인데 이상하게 마당의 낙엽에는 너그럽지 못하고 옹색한 마음이 된다. 노후에 나만의 '아지트'를 마련할 기회가 주어진다면 참나무와 밤나무 근처의 장소는 일단 피하고 싶다. 그 낙엽들 탓에 가을 마당이 온전할 리 없으니 그 조건 하나는 꼭 따지고 싶은 것이다.

만약 낙엽이 수북해진다면 절로 향한 길은 이내 사라지고 말 것이다. 그러면 은자隱者의 집을 방문하는 이들은 길 잃어 헤매다 돌아갈지도 모른다. 혹시 그리운 이라도 올지 모르니 수고스럽더라도 더더욱 길을 만들어 주어야 하지 않을까. 나는 이런 심정으로 날마다 길을 쓸고 마당을 정돈한다. 어려운 길 찾아온 이들에게 내가 줄 수 있는 선물은 정갈한 마당뿐이기 때문이다.

낙엽을 쓸다가 문득 '유한의 미'를 생각해 보았다. 짧은 생일지라도 허투루 보낸 날들이 어디 있을까. 우리에게 영생불멸의 시간이 주어진다면 삶이 과연 소중할 것인가. 아마 지치고 피곤할 것이며 목표도 희망도 없을 것이다. 그러므로 존재의 시간이 유한하다는 것은 오히려 생명의 존엄성을 높이는 일이며 삶의 신비를 체험하는 일이다.

인생은 유한하므로 주어진 시간이 너무 길다고 불평하는 일은 없다. 오히려 시간을 더 붙들며 세월의 잔고를 늘리고 싶은 열망이 있다. 뭐든 기한이 있기에 더 아름답고 생동감 있는 것이다. 가을이 일 년 내내 지속된다고 생각해 보라. 고정되거나 변화 없는 풍경은 오히려 싱겁고 지겹다. 그렇다면 유한한 삶의 시간을 어떻게 사용하느냐의 문제가 아주 중요하다. 결코 삶은 길이에 있지 않고 어떤 무늬를 만드느냐에 있다. 짧은 생일지라도 멋진 무늬를 남긴 채 생을 마감한 이들이 얼마나 많은가. 단풍이 아름다운 것은 세월에 아주 조금씩 물들었기 때문이다.

지금 자신이 마주하는 일이 흥미로워야 순간순간의 삶이 녹슬지 않고 빛날 수 있다. 그 자체가 삶의 무늬를 풍성하게 디자인하는 일이다. 매번 말하지만, 내가 정원 일을 하지 않았으면 무슨 재미로 살까 싶다. 이런 과정이 없다면 내 감성과 지성에 먼지가 고여 삶은 탄력과 향기를 잃을 것이다. 지루한 일상의 시간이 연속된다면 인생은 얼마나 칙칙하고 나른할 것인가. 그러나 오늘의 낙엽은 어제의 그 낙엽이 아니듯 오늘은 어제의 그 시간이 아니다. 온전한 삶에는 반복이란 없다. 날마다 새날이고 새로운 시작인 셈이다. 새로운 시작이 있기에 인생은 매번 신비롭고 값지다.

꽃을
좋아하는   사람이

오히려
꽃을 죽인다

동물 관련 프로그램을 시청하다가 "동물을 좋아하는 사람이
동물을 버린다. 왜냐하면 동물을 싫어하는 사람은 아예 처
음부터 동물을 키우지 않으니까요."라는 말을 듣고 깊이 공
감했다. 참 모순적 논리 아닌가. 사랑하고 관심 있는데 오히
려 학대하고 외면하는 이상한 구조.
이런 논리라면 '꽃을 좋아하는 사람들이 꽃을 죽게 한다.'는
말과 통한다. 꽃에 무관심한 사람들은 애당초 꽃을 사거나
키우지 않기 때문이다. 평소 깊이 생각해 보지 않은 부분인

데, 나 역시 반성하는 계기가 되었다.

꽃을 진심으로 사랑하는 일은 죽이거나 버리지 않는 일이다. 반려 식물을 데려왔으면 그 생이 주인의 무심과 부주의로 상하거나 죽는 일이 없도록 힘을 보태는 것이 올바른 관심이다. 무심코 지내다가 아차 싶어 화분 앞으로 갔을 때 이미 생을 마감한 식물들을 마주하고 자책했던 적이 많다. 내 식구로 만들었으면 그 어떤 생명이든 책임져야 할 일.

여기에 꽃을 가꾸고 나무를 심으면서 말려 죽이고 얼려 죽인 일이 무척 많다. 꽃이 예쁜 마음에 덜컥 관심을 주었기에 생긴 일들이다. 어설픈 관심이라도 없었다면 우리 정원에서 그렇게 생을 마감하지는 않았으리라. 이런 잘못을 돌이켜보니 차라리 무관심한 것이 더욱 사랑하는 일일지도 모르겠다. 그냥 그 자리에 두면 잘 살 것을 괜히 내 정원으로 옮겨와 시름시름 앓게 했던 경우도 있다.

이곳 절터를 다듬고 건물을 올릴 때 굵은 목련나무가 뒤뜰에 있었다. 내 생각엔 앞마당에 자리하면 더 많은 이들이 볼 수 있을 것 같아 장비를 들여 옮겨 심었는데 그해 여름을 넘기지 못하고 잎이 타들어 가더니 결국 고사하고 말았다. 그때는 나무의 생리를 잘 모르던 시절이기도 했지만 모두 내 욕심에서 비롯된 일이라 그 후로 큰 나무를 옮길 땐 숙고를 거듭하는 편이다.

내 경험을 덧붙이자면 되도록 어린나무를 데려와 키워야 한다. 그래야 그 땅의 생태와 기후에 적응하며 뿌리를 깊게 내릴 수 있다. 여기의 몇 그루 배롱나무도 그렇게 키웠다. 만약 어른 나무를 저 아래 지방에서 옮겨 왔다면 겪어 보지 못한 낯선 추위에 주눅 들어 자리를 잡지 못했을 것이다. 그러므로 나무의 특성을 이해하지 않고서는 오래 사랑할 수 없는 일이다.

가장 잘하는 육림은 그 자리에 그냥 두는 것이다. 일본 료칸[良寬] 선사는 여러 일화를 남겼는데 한번은 자신의 절 마루 밑에서 죽순이 자라 마루에 닿을 정도가 되자 마룻장을 뜯어 대나무가 뻗어 나갈 수 있도록 했다. 그것이 점점 자라 마침내 천장에 닿을 정도가 되자 이번에는 천장을 뜯어서 대나무가 위로 올라갈 수 있도록 조치했다. 그러고는 그 구멍으로 비가 새거나 눈이 내려도 태연한 모습으로 "야, 많이 컸구나, 많이 컸어!" 하면서 그 대나무를 아꼈다고 한다. 이 정도는 되어야 진정 식물을 사랑하는 넓은 아량이라 하겠다.

『어머니 나무를 찾아서』의 저자 수잔 시마드 교수는 "인간이 나무를 심고, 나무가 인간을 구원한다."고 말한다. 숲에서 가장 큰 나무를 찾았다면 그가 숲을 기르고 보호했던 어머니 나무라는 것이다. 그래서 오래된 나무는 인간들을 구원할 어머니나 다름없다. 자연이 결국 어머니 역할을 한다는 뜻.

또한 숲이 인간의 호흡기가 되고 치유와 휴식의 쉼터도 될 것이다. 흔히 "차를 마시며 쉬고 있다." 표현을 할 때 '차茶'의 글자를 풀어보면 위엔 풀[艹]이 있고 아래에 나무[木]가 있으며 중간에 사람[人]이 있는 모양이다. 즉 인간이 쉬는 공간에는 초원과 숲이 꼭 필요하다는 것이다. 지금까지 그러했듯이 앞으로 숲의 역할이 더 절실한 시대가 될 것이다. 그러므로 숲을 가꾸고 나무를 심어야 한다. 그것만이 어머니 나무에 대한 경의이고 도리이기 때문이다.

해인사 일주문과 봉황문 중간 위치에 그 옛날 순응·이정 두 스님이 절을 창건하면서 심은 어머니 나무의 흔적이 고사목으로 남아 있다. 그 나무가 모태가 되어 절 주변에 어린나무가 자라나서 울창한 숲이 되었을 것이다. 고목과 노승은 그 산중의 보물이라 했다. 큰 나무를 베어 내는 일은 산중 보물을 망가지게 하는 것이니 두고두고 신중할 일이다.

그동안 길을 내거나 건축에 방해된다며 나이 많은 어머니 나무를 베어 버린 허물이 없는지 돌아보게 되었다. 문득 얼마 전 열매의 악취가 심해 '수종 갱신' 이유를 만들어 지장전 뒤 은행나무 자른 일이 마음에 걸렸다. 옛 어른들은 갓 머리에 부딪칠 정도가 아니면 가지를 자르지 말라 했다는데 지금은 그 규범이 무용지물 된 지 오래다.

요사채 뒤 오래된 두충나무가 건물 쪽으로 넘어질 것 같아

손봐 줘야 하는데 가지만 쳐 낼지 밑동까지 잘라야 할지 몇 년째 고심만 하고 여태 실행하지 못하고 있다. 숲을 사랑하면서도 어제는 심고 오늘은 자르기도 했다. 이 또한 사랑의 모순이 아닐 수 없다. 나무를 정말 아끼고 보호하는 일의 범위나 기준이 단순하지 않다는 것을 실감하고 있다.

강이

잠든
계절에

근래엔 겨울 마당을 바라보는 일로 재미 삼아 지내고 있다. 의자에 앉아 찬 서리 내린 잔디 뜰과 마주하고 있으면 잔잔한 고요가 스며든다. 마치 군더더기 없는 명화를 대하는 그런 기분이다. 거추장스러운 것은 정리되고 본질만 드러나는 겨울 풍경이 마음에 든다. 이런 공간을 두고 성스럽다 표현해야 하나. 이 적요한 평화를 누가 방해할 것인가. 텅 빈 고요 속에서 사람은 자신을 들여다볼 수 있어야 한다. 그럴 때 일상의 굴레에 허우적대는 자신을 바로 투시할 수 있는 것이다. 이런 시간이 주어지므로 한겨울일지라도 내 산거山居는 윤택하고 충만하다.

이렇게 간간이 파적 삼아 마당 바라보기를 즐기는데, 이른바 '마당멍'이다. 복잡한 마음과 어지러운 생각을 순화하는 데 이만큼 효과적인 게 없다. 세상에서 가장 아름다운 춤은 '잠시 멈춤'이라는 말도 있다. 삶의 신호에서 일시 정지하라는 뜻. 이를테면 오늘 계획이나 목표를 설정하지 말고 정지한 그 상태에 온전히 집중하라는 것이다. 어떤 일이든 집중할 때 사유의 뜰이 넓어지기 마련이다. 그런 전제가 되었을 때 충전도 가능하고 휴식도 가능하다. 그러니까 마당멍도 혼탁한 감정을 맑히는 나만의 의식이다.

이런 이야기가 있다. 어느 곳에 태엽이 감겨 있는 큰 나무가 있는데 그 나무의 태엽이 풀리면 멜로디가 흐르고, 그때 어디선가 요정들이 나와서 그 아래에 앉아 있다는 것이다. 쉬고 있는 요정들에게 바람이 "너희들은 누구니?" 하고 물어보면 그 순간 요정들은 사람으로 변한다. 놀란 바람이 다시 "너희들은 또 누구지?" 하고 물어보았을 때 사람들이 이렇게 말한다. "우리는 성공을 위해 일을 했습니다. 그래서 휴식이 필요합니다. 지금 나무에 의지하여 요정으로 변하여 이렇게 쉬는 중이죠. 단, 멜로디가 흐르는 동안만!"

우리 모두 삶의 태엽을 풀 새 없이 노심초사 살았다. 그러나 그 태엽을 단단히 감지 않을지라도 인생이 크게 꼬이거나 엉망이 되지 않는다는 것이다. 느슨한 날 없이 인생을 다그치며 사는 것이 열심히 사는 삶은 아니다. 우리는 바쁠수록 스스로가 중요한 사람이라 생각할 때가 있다. 그러다가 휴식의 시간을 잊어버리면 어느 날 태엽이 정지할 수 있다는 것을 알아야 한다. 되풀이되는 일상에서 잠시 거리를 두고 바라보는 일은 단순한 쉼이 아니라 에너지를 재생하는 중요한 과정이다. 아무것도 하지 않았을 때 그 시간의 힘은 오히려 무언가를 할 때보다 더 효과적이다.

그러나 더 중요한 것은 삶의 과정을 직시하는 것이다. 누구나 불행한 삶을 구하지 않으며 상처받는 삶도 원하지 않을 테다. 그렇다면 그때그때의 행복을 자각하는 게 중요하다. 행복이 오면 그것을 받아들이고 불행이 와도 그것을 받아들이면 되는 것이다. 다만 그 감정에 오래 머물지 말고 현재를 관찰하며 바라보면 된다. 그 어떤 것이든 영원하지 않고 언젠가는 지나가기 때문이다. 이를테면 지금의 상황에 대한 불신과 저항이 괴로움의 원인이 될 수 있으므로 변화를 수용하고 그 상황을 인정하는 방식이다.

어제는 동자승 토우의 맨머리가 시릴까 봐 털모자를 씌웠더니 내 마음도 훈훈하다. 새들도 어디에서 추위를 피하는지 잘 보이지 않는다. 요즘은 '새들의 식탁'에 먹이를 놓아 주는 것도 잊지 않는다. 이 겨울, 먹이도 드물 것인데 어디서 굶고 움츠리고 있지 않는지 걱정되어 먹고 남은 음식이 있으면 새들의 먹이로 챙겨 놓는다. 이제는 몇 개 남은 감나무의 홍시도 다 파먹고 없으니 새들에게 겨울은 혹독한 계절일 것이다.

그저께 창문에 새가 부딪쳐 기절한 놈을 데려다가 물 먹이고 밤새 아랫목에 두었더니 다음 날 기운을 차리고 날갯짓을 하여 문 열어 보내 주었다. 그 추운 날 밖에 두었더라면 내 마음은 밤새 편하지 못했을 것이다. 아침에 산짐승이 다녀간 발자국을 발견할 때가 있다. 간밤에 먹이를 찾아 여기까지 내려온 흔적이다. 며칠 전엔 지장전 뒤에서 죽어 있는 산까치를 발견하고 묻어 주었는데 몸의 상처로 보아 천적에게 해를 당한 것 같았다. 이렇게 생명 지닌 산중 식구들이 힘든 계절을 보내는 중.

추운 겨울이 없다면 고생은 덜 수 있겠으나 양식과 땔감을 미리 준비하지는 않을 것이다. 일 년 내내 축 늘어져서 추운 날을 대비하지 않을지도 모른다. 그래서 어쩌면 겨울이 있기에 고맙다는 생각이 든다. 가난과 추위가 없다면 인생 수업은 텁텁하고 익은 맛이 들지 않기 때문이다. 깡세르 린포체 스님은 "인생에서 바라던 것이 이루어지지 않은 것이 오히려 축복"이라 했다. 자신이 원하는 일들이 다 성취되면 얼마나 교만하고 무례했을까. 돌이켜보면 내가 바라지 않던 순간들, 그로 인해 내가 수정했던 과정들이 모여 지금의 나를 있게 한 것이다. 지금 잘 안 풀린 일이 나중에 더 좋은 결과를 가져올 수도 있을 것이다. 겨울이 있기에 봄날이 더 찬란한 게 아니겠는가. 엄동설한을 건너지 않으면 삶의 근육이 단단해질 수 없다.

영하 60도까지 내려가는 러시아의 겨울을 '강이 잠든 시기'라 표현한단다. 강물이 꽁꽁 얼어 세상이 잠든 듯 고요한 시기라는 뜻이다. 여기도 밭과 정원 일에 쫓기지 않고 잠시 쉬어 가도 되는 때라 한결 편하고 좋다. 화롯가에서 한숨 고르며 미루어 두었던 책을 읽는 계절이며 나를 위해 묵상하는 그런 계절.

헨리 제임스는 "오후의 티타임에 바치는 때보다 더 유쾌하게 시간을 보낼 때도 없다."고 했다는데 겨울 절기가 아니었더라면 결코 이런 기쁨을 누리지 못했을 것이다. 차를 마시기 위해 오후의 시간을 비워 두는 것만큼 소소한 행복은 없을 터. 그런 시간마저 나눌 수 없다면 그 사람은 시곗바늘처럼 반복되는 일상 속에 있을 것이다. 내가 비워 둔 시간은 언제일까. 점심 공양 끝내고 군살 빠진 겨울 숲을 설렁설렁 걸어 본 다음에 달콤한 모과차를 마실 것이다.

청소의
기술

동지를 앞두고 내 거처를 대폭 정리했다. 이번에 방 곁에 딸린 비품 창고를 손댄 것은 잘한 일이다. 몇 해 동안 물건을 쌓아 놓기만 했는데 막상 짐을 풀어 보니 기겁할 정도로 가득했다. 인간의 생애가 소유의 역사라더니 틀린 말이 아니다. 삶을 간단히 압축해 보면 기껏해야 밥 먹고 일하며 잠자는 것일 텐데 주야장천 무얼 그리 소유하고 사는지 돌아봐졌다. 언제 그렇게 갖가지 품목들을 사 모았는지 나도 신기할 따름. 엄밀히 말하면 그땐 필요했으나 지금은 소중하지 않은 것들이다. '내가 언제 저걸 산 적이 있었나?' '아, 저 물건이 저곳에 있었구나!' 하는 소리가 절로 나왔다. 심지어는 아껴 먹을 거라며 깊이 감춰 둔 약품도 있었고 아직 읽지 못한 책들도 발견되어 혼자 웃었다. 모두 선물 받았거나 돈 들여 사 놓았으나 까맣게 잊고 있던 물건들이다.

우리의 생활방식은 분수 넘치게 사들이고 지나치게 소비하는 편이다. 이를 『사피엔스』의 저자 유발 하라리는 '인공본능'이라 정의했다. 아직 동물이 사치하는 걸 못 봤다. 그러니까 과잉 소비는 인간이 만들어 낸 생활문화다. 자신도 모르게 충동구매에 삶이 묶이고 기호 가치에 매몰되는 것이다. 현재 내가 지닌 물건만으로도 생활하는 데 충분하다는 자각이 들었다. 이상하게 줄여도 줄여도 살림살이는 차고 넘친다.

새 물건을 소유했을 때 기쁨은 한 달 월급 받는 기분과 비슷하다지만 어디까지나 잠깐일 뿐, 그 유효기간이 지나면 심드렁해져 자리만 차지하는 경우가 많다. 그러니까 자주 사용하지 않는 물건은 기능이 정상이라 할지라도 이제 나와 인연이 다한 것들이다. 이럴 땐 다른 이에게 양도하거나 폐기 처분해야 자신의 공간을 조촐하게 지킬 수 있다. 그 결정을 망설이면 주인을 밀어내고 물건이 집을 차지하는 과밀현상이 생기게 된다.

물건의 수명이 끝났어도 쓰레기와 구분 없이 쟁여 놓는 증세를 '저장강박증'이라 하는데, 그 심리 저변에는 물건을 버릴지 말지를 결정하지 못하는 장애가 있다는 것이다. 그렇다면 필요 없는 물건과 과감히 결별하지 못하는 성격도 일종의 병이랄 수 있다. 내 청소의 목적은 '공간 회복'이기 때문에 현재 사용하지 않는 물건은 미련 없이 툭 던져 버린다. 언젠가 쓸 때가 있겠지 하는 단서는 금물이다. 지금 쓸모없으면 훗날에도 쓸 가능성이 거의 없다.

또한 아깝다는 생각이 들면 정리의 효과가 나타나지 않는다. 그냥 만지작거리다가 다시 그 자리에 두는 일을 반복하므로 공간이 널찍해질 수 없다. 그러기에 아깝다는 생각을 버릴 때 물건도 밖으로 내놓을 수 있다. 물건도 오래 쓰면 정들고 손때 묻는다지만 사용할 기회가 적은 물건은 나에겐 이미 효용가치가 다했을지 모른다. 그 물건은 다른 이를 만나면 더 소중한 역할을 할 것이기에 아까운 것을 양도할 때 기분은 오히려 홀가분하다. 아깝지 않은 물건은 한낱 쓰레기에 불과할 테니 물건은 되도록 아까울 때 넘겨라. 만약 그 물건이 유품이 된다면 아무도 달가워하지 않을 수 있다는 것을 명심하여야 한다.

일전에 집들이 초대로 가까운 곳을 방문했을 때 눈에 익은 물건 하나를 발견하였는데 그 장소에서 보니까 새삼 반가웠다. 그것은 아주 오래전 내 방 물건을 정리하면서 방출했던 소품이었다. 그 집에서 유용한 용도가 된 것을 보니 새삼 흐뭇했다. 어떤 물건이든 필요한 주인을 만났을 때 존재가 더 빛나는 법이니까 아쉬울 때 소유권을 넘겨야 좋은 것이다. '물각유주物各有主'라는 말이 있듯 모든 물건에는 제각각 주인이 따로 있다.

며칠에 걸쳐 마스다 미츠히로가 쓴 『성공을 부르는 청소의 법칙』을 재미있게 읽었다. 저자가 말하는 청소의 법칙은 "마이너스를 제거하고 플러스를 만들라."는 것이다. 주변 환경이 너저분하거나 더러우면 마이너스 자장이 모이게 되어 우울, 어둠, 무기력, 질병 등 부정 기운을 유발한다는 논리다. 이와 달리 플러스 자장이 형성되면 상쾌, 희망, 집중, 스트레스 감소 등 긍정 에너지를 만든다는 것이다.

성공한 사람들 오천 명을 대상으로 조사한 결과 아침에 일어나 침대 정리로 시작하는 사람들이 백만장자가 될 확률이 높다고 했다. 하긴, 이런 통계를 들먹이지 않더라도 주변을 잘 정리하고 청결을 유지하는 것은 자기 관리의 기본이므로 성공할 수밖에 없는 원리이다. 그렇다면 세상에서 가장 단순하고 쉬운 성공의 법칙은 청소의 기술에 있다 해도 무리는 아니다. 불경에도 "도량이 맑아야 천신들이 모여들고 수호신이 기뻐한다." 했으니까 청소가 긍정 에너지의 원천임은 확실하다.

나는 지난해에 젊은 시절의 편지와 사진, 상패나 감사패 등 기록물을 다 치웠다. 과거의 영광이나 추억에 매몰되어 있으면 현재를 빛나게 살 수 없기에 그와 관련된 자료를 모조리 없앴다. 문패는 요란하거나 길지 말아야 할 것. 과거에 어찌 살았건 간에 지금 이 순간이 더 보탤 것도 없는 분명한 내 모습일 뿐 다른 건 없다.

잘 정리된 창고를 볼 때마다 기분이 좋아진다. 물건이 차지했던 그 공간이 넓어졌다. 간결하게 치우지 않으면 결코 맛볼 수 없는 기쁨이다. 이런 공간을 오래 누리려면 새 물건을 들이지 않는 것이 최선이다. 그래서 요즘은 물건 사기가 겁나서 몇 번을 고민하다가 마음을 접게 된다. 초기 불교에서 수행자는 '집도 절도 없는' 신분으로 규정했다. 머물 집이 없다는 것은 잡다한 물건을 모으지 말라는 정신이 숨어 있다.

여기 살면서 몇 번이나 짐을 실어다 보냈는지 모른다. 치워도 치워도 끝이 없다. 아마 버리고 또 버리지 않았으면 산더미가 되고도 남았을 것이다. 지금 있는 물건으로도 이미 충분하다. 솔직히 말해 더 지니고 싶지 않고 꼭 필요한 물건도 없다. 젊었을 땐 고와古瓦 모으는 게 취미였다. 나이 들어 가면서 물건 수집하는 일도 멀리할 것이지만 이제는 비우고 버리는 일에도 머뭇거리지 않을 작정이다.

조금은

불편
해야

행복
하다

겨울 햇살에 기대어 목공 작업으로 오후 시간을 보냈다. 톱과 망치를 꺼내 놓고 뚝딱뚝딱 못질하고 있으니 그 어느 때보다 내 의식은 맑고 조촐했다. 목재를 만지고 자르는 일은 늘 흥미롭다. 이번엔 쓰다 남은 송판들을 이용하여 새장을 만들고 먹이용 식탁도 만들었다. 어설프지만 기계에 의존하지 않고 내 손으로 완성해 보았다. 그야말로 원시적인 방법으로 톱과 망치만 사용했다. 아마 목공 장비가 있었더라면 자르고 오리는 일이 힘들지 않을뿐더러 시간도 절약되었을 것이다. 그러나 불편하지만 느리게 완성하는 재미가 있다. 언젠가 기회가 되면 나만의 목공실을 갖고 싶지만 아직은 아날로그 방식을 사용하고 싶다.

오늘 이 일을 통해 편리한 삶에 대해 생각하는 계기가 되었다. 눈부신 기술 혁명이 더 편리하게, 더 빠르게 세상을 바꾸고 있지만, 그렇다 하여 과거 불편한 시대보다 더 행복할까 하는 질문을 던져 보았다. 지금은 스마트폰 하나로 지구촌 어떤 물건이든 구할 수 있고, 집을 나가지 않고서도 신선한 식품의 주문 배달이 가능한 시대가 되었다. 그래서 '쿠세권(일일 쿠팡 배송지역)', '슬세권(슬리퍼 쇼핑 지역)'이란 말도 생겼다. 그렇지만 스마트폰 출시 이전보다 행복지수가 높아졌느냐에 대한 질문은 여전히 필요할 것 같다.

객관적 지표가 없어서 단정할 수 없지만, 생활이 안정되고 편리해졌다 하여 반드시 행복 요건이 충족되는 건 아닐 것이다. 범죄와 자살률은 늘어나고 우울증이나 대인기피증 등 사회적 병리 현상이 더 심해지는 것을 보면 국민총생산지수와 국민행복지수는 별개의 문제일 수 있다.

이러하므로 불편한 생활 방식을 고수하며 자급자족하는 비문명의 삶이 더 행복하다는 사람도 있다. 어쩌면 불편한 과정도 행복의 요소일 것이다. 예를 들어 아궁이에 불을 지피고 텃밭에서 채소를 기르는 과정이 성가실 수 있는 일이지만 그걸 즐긴다면 행복의 요소가 된다. 보일러 스위치를 켜고 농산물을 배달해서 먹는다면 신속하고 편리할 수 있을지언정 그 과정을 배우고 익히는 재미가 없다. 그런데 편리한 시스템은 수시로 기능이 개선되어 그 기능을 학습하고 따라가는 그것도 스트레스다.

나는 적당히 불편한 것이 때로는 행복의 비결이라는 말에 동의하는 쪽이다. 불편함이 주는 묘한 맛이 있다. 개인의 부가 증진되고 생활이 향상되면 지상낙원이 될 것 같지만 꼭 그렇지만은 않다. 그렇다면 어느 정도 결핍되고 불편해야 행복할까 하는 역설적 질문을 던져야 한다. 약간의 불편함을 자신의 삶에서 허용할 수 있어야 할 것이다. 편리를 추구하는 시대의 조류에 한 가지라도 저항하지 않으면 순도 높은 행복을 잃어버릴 것 같아서다. 자기 자신의 힘으로 어떤 문제를 해결했거나 목표를 달성했을 때 느끼는 보람은 그 누구도 대신할 수 없다. 작은 불편 정도는 투덜대지 말자는 것. 사소한 불편은 우릴 부지런하게 만들어 주는 스승이다.

지금 세대는 호모사피엔스가 아니라 포노사피엔스라는 신조어가 있다. 지혜로운 인간이 아니라 지혜로운 기계만 있는 시대다. 스마트폰 없이 생활하는 것을 힘들어하는 세대를 표현한 말인데, 공감된다. 지금 세대는 기계 다루는 일은 능숙할지 모르나 아날로그 시대를 추억할 수 있는 향수가 없다.

그때는 느리고 답답했을지라도 지금처럼 보이스피싱이나 딥페이크 등 인터넷 범죄가 성행하지 않았다. 그러니까 스마트폰 이후의 편리가 그 이전의 불편하던 때보다 더 안정되었다고 말할 수 없다. 문명의 이기가 꼭 행복 공식은 아니라는 뜻이다.

옛사람들은 '편즉불행便即不幸 불편즉행不便即幸'이란 말을 자주 했다. 편리를 추구하면 불행하고, 불편을 수용하면 행복하다는 뜻이다. 세상은 점차 편리해지는데 불평하는 사람은 왜 늘어날까. 빠르고 편리하다 하여 꼭 행복한 것은 아니다. 사람은 몸을 움직이고 땀을 흘리면서 무언가를 창조하고 생산해 낼 때 존재 의미가 있다.

나는 최근에야 '러스틱 라이프'라는 단어를 알았다. '시골에서의 삶', '촌놈으로 사는 삶' 정도로 풀이할 수 있는데 한마디로 도심을 떠나 느리게 또는 불편하게 사는 생활 방식을 말한다. 자연 친화적인 이런 취미를 지닌 사람들이 의외로 많다는 것이다. 이른바 불멍, 논밭 뷰 등 시골형 생활 방식을 동경하는 사람들이다. 뭐든 빠르게 움직이는 도시 생활에 질린 사람들이 알찬 시간을 보낼 수 있다 해서 생긴 용어다.

두서없이 내 생각을 나열했으나 결론은 충족한 삶이냐, 충만한 삶이냐에 달려 있다. 충족의 삶은 계속 새로운 것을 갈망하지만 충만한 삶은 지금 상태로 만족이다. 충족의 삶은 끝이 없다. 왜냐하면 욕망의 재생산 구조이기 때문이다. 하나를 가졌기에 두 개를 채우고 싶은 게 충족의 원리이다. 그러므로 만족하는 삶이 더 큰 가치가 있다는 것은 이미 고금을 통해 검증된 행복론이다. 시대가 달라졌다 하여 인간 본능이 달라진 건 아니니까 이 법칙은 지금도 유효한 것이다.

인류 역사에서 불편하고 험난한 시대를 살아온 시기가 훨씬 많다. 우리의 심층에는 불편함을 기억하고 즐기는 심리가 존재할지 모른다. 그래서 조금 불편함을 감수하고 뭔가를 성취했을 때 희열을 느끼는 것 아니겠는가. 편리함에 너무 익숙하면 인간의 근원적 얼과 지혜가 녹슬고 만다. 손쉽고 편리하면 일의 효율은 늘어날지 몰라도 삶의 질은 역행할지 모른다. 그런 함정을 스스로 경계해야 한다. 분수에 어울리는 자기 몫의 삶을 살아갈 때 인간다운 삶을 이룰 수 있기 때문이다.

안락한 삶을 뛰어넘어 충만한 삶에 이르고자 한다면 편리의 늪에 갇히면 안 된다. 편리한 문명의 연장에 길들어 우리는 더 많은 것을 잃고 사는 것은 아닌지 한번 생각해 볼 일이다.

목표

없는 게

목표

새해를 맞이하는 감회는 매번 감격스럽다. 내 생애 다시 없을 신년을 또 영접했으니 실로 벅차지 않을 수 없다. 예측할 수 없는 변수와 변고가 겹치는 사바에서 무탈하게 묵은 날을 보내고 새날과 마주하는 것은 복이 아닐 수 없다. 그 다사다난했던 사건 사고에 연루되지 않고 평온한 삶을 유지할 수 있었던 것은 무척 다행이다.

이럴 때마다 "심장아, 멈추지 않고 뛰어 주어서 참 고맙다."라는 티베트 명상 구절을 음미해 본다. 내 심장이 멈추지 않고 작동해 주어서 그것도 새삼 고맙다. 심장의 맥박 소리를 들으며 나를 다독이고 격려해 주었던 세월에 감사의 경배를 올렸다. 무심한 세월이라지만 절대 무심하지 않았다. 이 풍진 세상을 살면서 세월에 기대지 않았다면 이렇게 숨 쉴 수 있었을까.

올해는 무슨 뚜렷한 목표를 설정하기보다는 달성할 목표가 아예 없는 해로 만들고 싶다. '목표 없는 게 목표'라서 연중 일정표에 예정된 행사나 계획은 아무것도 넣지 않았다. 이상하게도 한 가지 일을 줄이고 나면 두 가지 일이 늘어나서 언제나 일복은 더 넘쳐났다. 무엇이든 너무 애쓰지 말기로 했다. 그래서 나의 새해 결심은 다음 세 가지로 요약할 수 있다.

첫째, 조금 게으르게
둘째, 조금 느리게
셋째, 조금 단순하게

여기서 게으르게 산다는 건 무슨 거창한 맹세나 약속을 하지 않는다는 의미다. 그리고 조금 느리게 산다는 건 지금 세상 속도에서 한 발짝 뒤처지게 걷는다는 뜻이고, 조금 단순하게 산다는 것은 거추장스러운 일과 불편한 관계는 정리하자는 개념이다.

이제부턴 마음이 허락하지 않는 일은 약간 게으름을 피워도 무방할 것이며 귀찮고 번거로운 일은 살짝 밀쳐놓아도 상관없겠다. 초기 경전에서는 "내달리지도 뒤처지지도 않게"라고 적었는데 욕심이나 게으름도 이 정도 기준이면 될 것이다.

허둥지둥 사는 게 반드시 잘 사는 방법은 아닌 것 같다. "우리 삶은 아무것도 아닌 일로 우왕좌왕하고 있다. 정직한 사람은 열 손가락 넘게 헤아릴 게 거의 없다. 당신의 일을 둘이나 셋으로 줄이라."는 고인의 충고를 상기해 볼 필요가 있다. 다시 말해 인정에 속박되지 않는 삶은 복잡할 이유가 없다는 것. 이것저것 따지고 체면을 중시하는 사람은 쓸데없이 바쁘다. 사사로운 인정에 매이면 얼굴을 내밀며 출석해야 할 일이 많아진다. 손님을 청하지도 않고 응하지도 않았을 때 삶은 더 원숙하고 진중해진다. 올해는 반드시 요긴한 일이 아니면 사람과 크게 섞이지 않을 생각이다.

모두가 고만고만한 일로 바쁘지만, 새로운 일에 대한 지나친 열정도 욕심에서 기인한다. 우리의 생활 수준은 저 옛날 제후 부럽지 않게 호화를 누리고 있다. 그때와 견주어도 충분히 지니고 있는데 자꾸 뭔가를 요구하니까 부족하게 느껴질 뿐 절대적 평균치는 이미 높다. 욕망을 넘어 지금은 과잉시대라는 표현을 쓴다. 지나친 욕망과 소비로 세상은 어지럽게 되어 가고 정신도 조금씩 무너져 간다.

1985년 미국 뉴욕 타임스퀘어 전광판에 "내가 원하는 것으로부터 나를 지켜줘."라는 문구가 게시되어 많은 이들의 걸음을 멈추게 했다. 무려 40년 전의 일인데 지금도 저 문구는 유효하다. 내가 원하는 것은 욕심이고 내가 지켜야 하는 것은 자신의 분수이다. 욕망은 늘 나를 흔들며 유혹하기에 그럴 때마다 고개를 저으며 나를 수호해야 한다.

그래서 장 자크 루소는 "욕망은 자꾸자꾸 끌고 간다. 도달할 수 없는 곳으로 끌고 간다. 우리의 불행은 거기에 있다."라고 지적했다. 거기가 불행의 지점이라는 것인데 멈추지 못하는 욕망을 말한 것이다. 과거를 들먹이지 않아도 지금은 너무나 풍족한 시대인데 왜 우리는 자꾸 끌려갈까. 그러니까 단순 소박한 삶이 아니면 욕망의 확산을 제어해 줄 수 없다. 오늘의 문명 앞에 어떻게 삶의 가치를 부여할 것인지 나도 암담하다.

"가장 많은 시간을 함께 보내는 다섯 명의 평균치가 곧 자신이다." 이 말의 주인공은 "작은 성공을 반복하라."는 『스몰빅』의 저자 제프 헤이든이다. 무언가를 마음에 품으면 일이든 물건이든 사람이든 내 인생으로 쏟아져 들어온다. 이른바 업의 에너지가 작동하는 것이다. 그러하기에 내가 만나는 다섯 명의 사람들은 내 인생의 가치관을 대변하는지도 모른다. 그렇다면 내 주변의 일과 사람들은 내 수행의 현주소다.

내가 지금 무엇을 하고 있는가? 누구를 만나고 있는가? 그
게 내 욕망의 본질일지 모른다. 올해는 '어떤 일을 하며, 어떤
사람을 만나고 있는가.' 하는 이 질문을 멈추면 안 되겠다.

『밥 한술, 온기 한술』 원경, 담앤북스, 2021
『아름다운 마무리』, 법정 저, 문학의 숲, 2008
『아주 단순한 지혜』, 위대한 붉은 사람 글, 하비 아든 엮음, 구승준 옮김, 한문화, 2006
『어머니 나무를 찾아서』, 수잔 시마드 저, 김다히 번역, 사이언스북스, 2023
『정원가의 열두 달』, 카렐 차페크 저, 배경린 번역, 요제프 차페크 그림/만화, 조혜령 감수, 펜연필
독약, 2019

<봄날>, 한용운 저, 위키문헌, PD-1996
<사는 게 참, 참말로 꽃 같아아>, 박제영 저, 『그런 저녁』, 솔 출판사, 2017
<산창을 열면>, 조오현 저, 『조오현문학전집 적멸을 위하여』, 문학사상, 2012
<세월>, 문혜관 저, 『찻잔에 선운사 동백꽃 피어나고』, 불교문예, 2015
<오월에 꿈꾸는 사랑>, 이채 저, 『마음이 아름다우니 세상이 아름다워라』, 행복에너지, 2014
<우음偶吟 2장>, 구상 저

정원예찬
반짝이는 사유의 조각들

© 현진 2025

초판 1쇄 발행　　2025년 4월 21일

지은이　　　　현진

펴낸이　　　오세룡
편집　　　　박성화 손미숙 윤예지 정연주
기획　　　　곽은영
디자인　　　최지혜 고혜정 김효선
홍보·마케팅 정성진

펴낸곳　　　담앤북스
주소　　　　서울특별시 종로구 새문안로3길 23 경희궁의아침 4단지 805호
대표전화　　02-765-1251(영업부)　02-765-1250(편집부)
전송　　　　02-764-1251
전자우편　　dhamenbooks@naver.com

출판등록　　제300-2011-115호
ISBN　979-11-6201-536-0 (03810)

정가　17,200원